魅惑的なキスの魔法

日生水貴

15602

角川ルビー文庫

CONTENTS

口絵・本文イラスト／あさとえいり

それは、遠藤天志《えんどうたかし》が十七年間生きてきて、初めて触《ふ》れた世界だった。

鏡のように磨《みが》かれた黒大理石を敷《し》きつめた、T字形のランウェイ。

周囲の壁《かべ》は白に近い灰色で、わざと凸凹《とつおう》に塗《ぬ》りたくったような風合いを見せている。

空間にはチェンバロという楽器の音が流れている。普段《ふだん》からよく耳にする音というわけではないのに、不思議な懐《なつ》かしさを胸に覚える。それはまるで、宗教音楽を思わせる静謐《せいひつ》さと荘厳《そうごん》さを感じさせた。

だがここは人々が祈《いの》る場所ではなく、ファッションショーの会場だ。

ランウェイの周囲に配された客席に座るのは、いずれも豪奢《ごうしゃ》に装《よそお》った紳士淑女《しんししゅくじょ》ばかりで、天志ははじめ、自分がひどく場違《ばちが》いなところにいると、とても肩身《かたみ》が狭《せま》かった。

けれどそんな居心地《いごこち》の悪さも、ショーが始まった瞬間《しゅんかん》に吹《ふ》き飛んだ。

天から零《こぼ》れ落ちる陽光のように美しいライティングと、壮麗《そうれい》な音楽、ふわふわキラキラ、まるで羽衣《はごろも》のように淡《あわ》く透《す》ける絹を纏《まと》い、颯爽《さっそう》とランウェイを歩くモデルたち。

夢のような空間が、天志の目の前にあった。

デザイナーが渾身《こんしん》の力をこめて作り上げた服の一着一着が、一番綺麗《きれい》に見えるように計算されているのだろう、舞台《ぶたい》上のどこに視線をやっても、手抜《てぬ》かりはなかった。

モデルたちもそうだ。あくまでも彼らは、服が魅力《みりょく》的に見えるように行儀《ぎょうぎ》よく歩いている。

ショーの主役は服であって、それを着ているモデルではない。だから個性が突出《とっしゅつ》していればいいというわけではないだろうし、そういう意味で彼らはプロなんだと天志は思う。

――だってモデルばっかり目立って、肝心《かんじん》の服に目がいかなければ意味ないし。

けれどショーのラストに出てきたモデルを見た瞬間に、天志は言葉を失った。

綺麗とかカッコイイとか、そんな次元ではない、圧倒《あっとう》的な存在感。

そのメンズモデルが一歩進むのと同じ速度で、胸の内で鼓動《こどう》が響《ひび》く。視線も動く。

いい男揃《ぞろ》いのモデルたちの中で、彼の容姿は群を抜いていた。

彼の顔を、天志は見たことがあった。よく流れるCMで、ファッション雑誌の表紙で。

だが映像や紙媒体《ばいたい》で目にした時と、直接見るのとではあまりにも違った。

襟足《えりあし》を隠《かく》すほどの、少し長めの真っ直《す》ぐな黒髪《くろかみ》。そういうふうにスタイリングされているのだろう、センターからサイドに流される前髪が、彼の左目を隠している。

見えるのは片方だけなのに、その目を視界に入れた途端《とたん》、息が止まった。

まるで何かを射貫《いぬ》くかのような鋭《するど》い眼光は、ぞくぞくと天志の背筋を震《ふる》わせる。

くっきりと通った鼻筋と、引き締められた薄《うす》い唇《くちびる》、横顔のラインの完璧《かんぺき》さは、美を司《つかさど》る神が細心の注意を払《はら》ってつくりあげた芸術品のようだ。

顔立ちだけではない。大仰《おおぎょう》ではないがしっかりと張った肩《かた》からしなやかな腕、手首から長い指先に至るまでの流れるような美しいライン。すっきりと長い首筋から鎖骨《さこつ》、ほどよく筋肉のついた胸元《むなもと》、腰《こし》、そして同じ人類とは思えないほど長い脚《あし》。

彼は全世界の人間の目に触れるために生まれてきた人間なんだと、天志は呆然《ぼうぜん》としながらもそんなことを思った。

そして一番すごいのは、こんなにも本人が目立っているのに、ちゃんと服にも目が向く……というか、服と彼で完成品だと見る者に思わせているところだった。

角度によって、黒にも灰にも銀にも見えるそのスーツを着用した彼は、高貴な血筋……まるでどこかの王族のような、厳《おごそ》かな佇《たたず》まいを見せる。

絶対に似合わないだろうけど、あの服を着てみたい、手に入れたいと、天志ですら思ったのだから、ファッション好きな人が見たら、きっと垂涎《すいぜん》ものに違いない。

自分だけでなく、天志の周囲にいた客たちは、彼に合わせて視線を動かしてゆく。それはもう、滑稽《こっけい》なほどに。

業界に疎《うと》い、ファッションとはなんたるやも知らない天志にも、それがどんなにすごいことか分かる。

その時、客席の一番前に陣取《じんど》っていた天志に、彼の視線がふわりと触れた。

刹那《せつな》、天志は心臓をわし摑《づか》みにされたように、身体《からだ》を震わせた。

切れ長の瞳《ひとみ》は、照明の色によってか、濃《こ》いグレーに見えた。

顔立ちは日本人だけど、もしかしたら外国の血も流れているのかもしれない。

頭の中の一部が痺《しび》れているようで、考えがおぼつかない。

ただ呆然と彼を見上げていた天志は、だが次の瞬間、思考が真っ白になった。

目と目が合ったまま、彼が、恐《おそ》ろしいほど美麗な微笑《びしょう》をその面《おもて》に浮《う》かべたのだ。

——まるで息の根を止められてしまったよう。

天志はそれ以降、自分がどんな行動を取ったのか、まったく覚《おぼ》えていなかった。

気づいた時には、連れの父と会場の外を歩いていた。

「どうした、天志」

押し黙《だま》ったままの天志を、父が不審《ふしん》そうに見下ろす。

夢の中からようやく片足を踏《ふ》み出した天志は、ぽつりと呟《つぶや》いた。

「世の中にはすごいひとがいるんだな、って思った」

ため息混じりの言葉に、父はきょとんとしたが、すぐに唇の端《はし》を引きあげて笑うと、くしゃくしゃと天志の髪を撫《な》でた。

「ショーの熱気に中《あ》てられたか」

「中てられた……。うん、そうかも」

天志は、すでにあとにした会場を振《ふ》り返る。

ショーは大成功だろう。成功させるために、たくさんのひとたちが力の限り努力し、がんばっている。

そして。

——あの世界には、一瞬で目をくぎづけにされるような存在がいる。

それは、ファッション業界に天志が強烈《きょうれつ》な興味を示すようになった瞬間だった。

〈一〉

一生にそう何度もないであろう晴れの門出《かどで》だというのに、今日の自分は運に見離《みはな》されているのかもしれない。

天志はうんざりとため息をつきつつ、むぅ、と唇を尖《とが》らせる。が、歩く速度は緩《ゆる》めない。

「ちょっと止まって、僕の話を聞いてくれないか?」

そう呼び止める声は、目的地の最寄《もよ》り駅を出てスクランブル交差点で信号待ちをしていた直後から、ずっとついてきている。だが天志は足を止めるつもりは少しもなかった。

心配性《しんぱいしょう》の父が、方向音痴《おんち》気味の天志のためにと懇切丁寧《こんせつていねい》描いてくれた地図に目を落としながら、どんどん歩き続ける。

「ちょっと君、ってば……!」

どこまでも追いかけてこようとする、その根性には感心するが、いいかげんしつこい。

――やっぱり都会はヘンな奴《やつ》が多いよ、父さん……!

進学を機に十年間暮らした島を出た天志は、今日から東京で暮らすことになっている。

最後まで心配そうな顔をして、でもちゃんと島の船着き場で見送ってくれた父を思い出し、船の中ではちょっぴり涙《なみだ》ぐんだりもした。けれど今は、不安より夢に向けての第一歩を踏み出せた喜びの方が大きい。

四時間かけてようやく船は東京の客船ターミナルに着き、天志はその後目的の場所まで電車を使った。

島育ちの天志は電車に乗り慣れておらず、うっかり違う電車に乗ってしまって東京から出てしまったり、右往左往しながらようやく目的の駅に着いても駅構内で迷子になったり、挙句の果てには改札口を間違《まちが》えて出てしまったりと、散々な目に遭《あ》った。

やっと正しい改札口を出た時には、心から安堵《あんど》したものだ。

「ねえ君」

信号待ちをしていた天志は、その時突然《とつぜん》肩を叩《たた》かれ、きょとんと首を傾《かし》げた。

見れば自分より十五センチは背の高い、三十代前半と思《おぼ》しき男が、ヌッと間近に立っている。

無造作にしていると思わせて、きっと計算に違いない顎鬚《あごひげ》と、太いフレームの眼鏡《めがね》が印象的な男だ。彼は天志の頭の天辺《てっぺん》から爪先《つまさき》までに目を走らせると、にっこり微笑《ほほえ》んだ。

「全身『ASH−RED』だなんてすごいな。このブランド、色はシンプルだけどカッティングが独創的だから、上から下までってなかなかできない。ていうかそうそう似合う子がいない。なのに君はすごくよく似合っているね。しかも、日本では未発売のシャツだ」

「……ありがとうございます」

礼は言ったものの、これは天志のセンスではなかった。

海外赴任《ふにん》をしている母親から、月に一度どっさり送られてくる服や小物が、すべて『ASH−RED』だからというだけのこと。

島にはスーパーが一軒《けん》のみ、もちろんデパートなどないので、天志は母親が選んで送ってくる服を、おとなしく着ているだけなのだ。

ファッション関係のひとなのだろうか、という疑問が浮かんだ天志に気づいたのだろう、男は微笑を湛《たた》えながら覗《のぞ》きこんできた。

「ねえ君、モデルって興味ない？」

「は？」

「モデル」

聞き間違いかと思ったのだが、どうやらそうではなかったらしい。

胡乱《うろん》げに眉《まゆ》を寄せる天志に、男はさらに言葉を続ける。

「君、身体のバランスもいいし、顔もちっちゃくてすごく可愛《かわい》いし、それにそのふわっふわの紅茶色の髪、パーマじゃないしカラーリングもしていないだろう？　あ、もしかしてもうモデルやってる？　なんかどっかで見たような顔なんだよな」

「モデルって、もっと背が高くないとダメだと思うんですけど」

天志の身長は百六十八センチだ。とてもではないがランウェイを歩ける背丈《せたけ》ではない。

「そんなことないよ？　まあ普通《ふつう》のショーモデルは無理だけど、モデルにはいろんな種類があるし。雑誌とかCMとかね」

「……俺、ほかにやりたいことがあるので」

「ところで君いくつ？　十四歳くらい？　だったら背だってこれから伸《の》びるかもしれないし」

「もう十八です！　それに今年から学校に通うし、二足の草鞋《わらじ》を履《は》くつもりはありません！」

カチンときた天志はそう言い放つと、人混《ひとご》みをすり抜《ぬ》けて、半ば走るように歩いた。

「あっ、待って！」

だが男はしつこく追いかけてきて、隣《となり》に並ぶ。

「ちょっと止まって、僕の話を聞いてくれないか？」

やなこった。

ほとんど走っているくらいの速度だが、男はついてくる。

「ねえ君、君にお願いがあるんだって！」

「なんなんです。モデルの件は断りました！」

「そう言わず、そこまで来てくれない？」

ぐい、と手を引かれた天志は、ぎょっとして振り払《はら》うが、体格の勝《まさ》る男はびくともしない。

「ちょ……離せよ！」

「お願いを聞いてくれたら離すよ。いい？」

人のよさそうな笑《え》みを浮かべながら、男は大概強引《たいがいごういん》だった。いい？　と問いながら、その実天志の意見を聞く気などさらさらないようだ。ぐいぐい引っ張っていこうとする。

もしかして。

――もしかしてコイツ、ヤバイ奴なんじゃ。

『都会では絶対に気を抜くなよ？　ヘンな奴がたくさんいるからな』

父の声が木霊《こだま》する。

――うう、ホントだよ、父さん！

天志はきゅっと唇《くちびる》を嚙《か》みしめると、仕方がない、と息をついた。

「ねえ、分かったから手を離してくれよ」

「ホント？」

パッと顔を綻《ほころ》ばせた男の隙《すき》を、天志は逃《のが》さなかった。

男の手をぐいと捻《ひね》り上げると背後に回り、思いきり突《つ》き飛ばしたのだ。

「うわ……っ！」

男が転がるのを見た瞬間《しゅんかん》に、天志はダッシュした。

「ああッ！」

待ってくれと叫《さけ》ばれたけれど、もちろん待つわけがない。構わず走る。

天志はぐんぐんスピードを上げて、無事しつこい男から逃《に》げ果《おお》せることに成功した。

「ああ、場所分からなくなっちゃったかも……」

父から渡《わた》された地図は、きつく握《にぎ》りしめてしまったからくしゃくしゃだ。

悄然《しょうぜん》と辺りを見回した天志だったが、あれ、と声をあげる。

「道の左側にパン屋さん。右側に花屋さん」

斜《なな》め右前方に黒レンガで囲まれた敷地《しきち》。敷地内には、今を盛《さか》りと桜の花が咲《さ》き溢《こぼ》れている。

「ここだ！」

夢中で走ったその先に、目的の建物があったのだ。

天志はそれまで起こった不快な出来事をすぐに忘れ、黒レンガに囲まれた敷地内へと、跳《は》ねるような足取りで向かった。

入り口を探してぐるりと周囲を回る。すると前方に、美しい装飾《そうしょく》のついた鉄製の門がぐんと聳《そび》え立っていた。

門の横には、ブロンズ製のプレートに、【狩野《かのう》服飾学院】とある。

正しくここが天志の目的の場所だ。

「すご……」

高さ三メートルはあるであろう門をポカンと見上げていると、守衛が歩み寄ってきた。

「当校に何か？」

「あのっ、俺明日からこちらに通うことになってます、遠藤って言います。科はアパレル総合科です。……あ、がくせいしょう」

バッグの中からごそごそと学生証を取り出して見せると、初老の守衛は、ああ、とにっこり笑った。

「入学おめでとう」

「ありがとうございます！」

天志もまたにこりと笑顔を見せる。

「あの、見学がしたいんですけど、いいですか？」

もう六時近いですけどと言うと、

「明日まで待てなかったのかい？」

問われて、照れながらもうなずいた。

東京に着いた初日なのだから、観光でもしようかと思ったが、天志が一番行きたい場所は、明日から通うことになるこの学校だった。

守衛は気軽にいいよとうなずき、名前を記帳すると、丸い形の名札をくれた。

「今日はショーのリハーサルが行われているよ。頼《たの》めば見学させてもらえるんじゃないかな」

「えっ、あ、観《み》たいです！　どこですか？」

「ドームステージだ」

気のいい守衛は、冊子状の地図に、ここ、と丸印をつけてくれた。

「ありがとうございます、行ってきまーす！」

天志は早速《さっそく》と、走り出した。

走りながら、それにしても、と辺りを見回す。

――滅茶苦茶《めちゃくちゃ》広い。

天志が明日から通うことになる【狩野服飾学院】は、名前が示すとおり、服飾の専門学校で、ファッションに関してあらゆる勉強ができる。

田舎《いなか》の島育ちだし、それまで洋服に興味があったわけではない。むしろ天志は『ファッション』に、あまりいい印象を持っていなかった。

けれど一年前にあの圧倒《あっとう》的なショーを観て以来、よくない印象はガラガラと崩《くず》れた。そして将来、『ファッション』に携《たずさ》わる仕事をしてみたいと、そう思うようになったのだ。

【狩野服飾学院】は、芸能一族と呼ばれている狩野家のトップの三男が経営している学校だ。何年か前に代替《だいが》わりをしたばかりで、理事長はまだとても若い。

この【狩野服飾学院】、東京のど真ん中にあって、敷地面積は一万五千坪《つぼ》。ホールは複数あるし、専門課程ごとに分かれた棟やギャラリー、所蔵数三十万冊という図書館、一流レストランもかくやと言わんばかりの学食や、軽食が食べられる喫茶店《きっさてん》もある。

一番の目玉は、ドーム型のステージだ。

ドームは開閉ができ、客席数五千という規模だという。このステージは、学校の関係者だけが使うのではなく、有名なブランドのショーも頻繁《ひんぱん》に行われていた。

天志は上機嫌《じょうきげん》でドーム型ステージに向かった。

五分ほどで見つけたステージは、今はドームが開かれていた。中に進み入ると、

「わ……」

守衛に教えてもらったとおり、舞台《ぶたい》上ではショーのリハーサルが行われていた。

小気味いいアップテンポの音楽と共に、スラリとしたモデルたちが瀟洒《しょうしゃ》なドレスやスーツを纏《まと》いながら、本番さながらにランウェイを歩いている。

「すごい」

天志はかぶりつかんばかりに近くまで走り寄った。

見学をする者は、天志以外にもたくさんいる。

恐《おそ》らくこの学院の生徒なのだろう、二十歳《はたち》前後の彼らは、いずれも天志同様、目をキラキラさせて舞台上を見つめていた。

天志は近くで見学している青年に声をかけた。

「このショーって、どういう趣旨《しゅし》のものなんですか？」

俺、明日からこの学校に通うんですと言うと、青年はああ、とうなずいた。

「その新入生歓迎会《かんげいかい》のためのショーだよ。この学校出身で、デザイナーとして活躍《かつやく》している先《せん》輩《ぱい》方の作品を、プロのモデルに着てもらって新入生たちに見せるんだ」

「へえ、すごい」

入学案内書の中に、確かに入学式のあとでファッションショーが催《もよお》されるとあったが、プロデザイナーの服を、プロモデルたちが着ているところを見られるとは思っていなかった。

青年は、天志も知る有名デザイナーの名を次々と口にする。その作品が明日のショーで観られるというのだから、なんて豪華《ごうか》な新入生歓迎会だろうと、天志の期待はいや増した。

「しかも今回、モデルたちがハンパないんだよ。広瀬《ひろせ》ミホとか幸坂《こうさか》ユイとかアヤカとか。それにメンズモデルのキョウも出演するんだ。すごくない？」

「キョウ……。それじゃ今も、ここに来てるってことですか？」

リハーサルなのだからと天志が訊《たず》ねると、青年は首を傾《かし》げた。

「さあ、今のところ見てないけど」

「あ、……そうなんですか」

そわそわと俄《にわ》かに落ち着きを失う天志を見て、青年はくすりと笑った。

「キョウのファンか」

「え、いや、……ていうか、見、見られるなら見ておきたいっていうか！」

慌《あわ》てる天志に、青年は、じゃあバックステージを覗《のぞ》いてくればと軽く言った。

「見てきていいんですか？」

とりあえず見学したいってスタッフに訊《き》いてみたら？　とアドバイスを受けた天志は、パッと顔を綻ばせ、行ってきますと駆《か》け出した。

――キョウ……！

まさかその名を、今ここで聞けるとは！

弾《はず》むように走りながら、天志はぐるりと舞台裏手に回った。

ステージの前側にはスタッフたちがたくさんいたが、裏に向かうにつれ段々とひとが少なくなってゆく。

ちょうど真裏に行った時には、ひとひとり見当たらなかった。

「あれ？」

ドーム周辺には満遍《まんべん》なくスタッフがいると思っていた天志は拍子抜《ひょうしぬ》けし、一度戻《もど》ろうかと歩を踏《ふ》み出しかける。だが出入り口用の扉《とびら》が開きっ放しになっているのを見た天志は、好奇《こうき》心を抑《おさ》えきれずに、そっと中へと進み入った。

中は薄暗《うすぐら》かった。階段を上って少し進むと、十畳《じょう》ほどの部屋がある。機材置き場なのだろう、そこかしこに段ボールが積まれていた。部屋からは左右と前方、三方へと廊下《ろうか》が延びている。等間隔《とうかんかく》に控《ひか》えめな光量のフットライトが設置されていて、それはずっと先まで続いていた。左手にはどこに続くか分からないが階段が、右手にはバックステージがあるようだ。遠くからざわめきが聞こえてくる。

だがさすがに誰《だれ》にも断らず、バックステージに向かうほどの度胸はなかった。

とその時、いきなり肩《かた》をガシッと摑《つか》まれた。

「何をしている。ここは部外者禁止だぞ！」

鋭《するど》い声に、天志はうわっ、と小さな悲鳴をあげた。

「す、すみません……っ、俺……」

謝りつつ背後を振《ふ》り返ると、恐《こわ》い顔をした男が天志を睨《にら》み下ろしていた。だが目が合った途端《とたん》、男はあれ、と首を傾げる。

「モデル……、じゃないよな？　背ぇちっちゃいし」

ここは下手《したて》に出て見学をさせてもらおうと思っていた天志だったが、気にしている身長のことを言われるなり、むっと唇《くちびる》を尖《とが》らせた。

その生意気そうな顔がいけなかったのだろう、スタッフらしき男もまた苛立《いらだ》ちを眉間《みけん》に滲《にじ》ませ、天志を物置き場に押し戻す。

「とにかく部外者立ち入り禁止。とっとと出てけ」

「けっ、見学、させてください！　俺、明日からこの学校の生徒になる……」

「ダーメー。今バックステージはピリピリしてて、とてもじゃないが部外者が入っていける雰《ふん》囲気《いき》じゃない」

「なんでピリピリしてるんです？」

「本番と同じ進行でリハをやらなきゃならないのに、まだ来てないモデルがいるからだよ」

「それは大変……」

「というわけでお外でおとなしく見学してろ」

「邪魔《じゃま》にならないところでちっちゃくなってますから！」

「そりゃあおまえは小さいけどね」

う、と天志は詰《つ》まる。今度はむっとはしなかったが、見学は無理そうだと思うと、自然に肩が落ちた。

「そこ、通りたいんですが」

だがその時、背後から、背筋がぞくりと震《ふる》えそうなほどの、低音の美声がかかった。

「キョウさん……！　お疲《つか》れさまです！」

咄嗟《とっさ》に振り返りかけた天志だったが、その名がスタッフの口から出た途端身体《からだ》が強張《こわば》り、ぴくりとも動けなくなってしまう。

――キョウ……？

「遅《おく》れてしまってすみません。時間、大丈夫《だいじょうぶ》でしょうか？」

「あっ、余裕《よゆう》ですよ。リハ、押してますし、まったく問題ありません！」

先刻聞いたのと全然違《ちが》うではないかと思う余裕は、今の天志にはなかった。

固まった身体が言うことを聞いてくれない。それでも、ぎくしゃくとぎこちなく視線を向けると、驚《おどろ》くほど高い場所に顔があった。

――キョウ……、葛城京《かつらぎきょう》。……本物！

その際立《きわだ》った造作は、神々《こうごう》しいとすら言ってしまいたいほど眩《まばゆ》く見える。

薄暗い場所ながら、顔のそれぞれのパーツの完璧《かんぺき》さが、くっきりと天志の視界に映った。

「ラストで一緒《いっしょ》に歩いていただくアヤカさんがまだいらしてなくて」

「ああ、さっきまで仕事をしていた隣《となり》のスタジオにいましたよ。あっちはもう少しかかりそうだったけど」

「そうですか……。とりあえずキョウさん、こちらへお願いします」

「この子は？」

バックステージへと案内するスタッフを制して、キョウ――京が天志の背中をポンと叩《たた》く。

触《さわ》られた！　とますます身を強張らせた天志を、京はじい、と覗きこんできた。

――ち、近いぃぃ……！

その距離《きより》、十センチもないのではないだろうか。至近で世界のトップモデルと目を合わせた天志は、そのまま卒倒《そっとう》してしまいそうになる。

その時、京の瞳《ひとみ》が、ほんのわずかだが眇《すが》められた。だがそれを訝《いぶか》しむ余裕などなく、天志は半ば気が飛んだ状態で、ただひたすら京を見上げていた。

「見学希望なんですが、ちょっとごたついているんで断ったところです。ほら、外に出て」

スタッフが身動きひとつできずにいた天志をぐいと押しやった。だがそれを、もうひとりの手が阻《はば》み、さらには引き寄せられる。

「あ……っ」

押され、引かれとされた天志は、本来持っている絶妙《ぜつみょう》なバランス感覚を発揮することもできずに、すっぽりと京の胸の中に収まってしまった。

「～～……ッ!?」

内心大混乱の天志の頭の上で、京はとんでもないことを言い放った。

「背は足りないけど、体形はアヤカにそっくりだから、この子を代役に立てたらどうですか？」

「はっ？」

「……へ？」

気が抜《ぬ》けた声は、スタッフと天志の、両方の口から漏《も》れ出た。

——何を言ってるんだ、このひとは？

思わず顔を上げた天志に落ちてきたのは、世界の女性を虜《とりこ》にする男の、極上《ごくじょう》の微笑《びしょう》だった。

彼を見上げたまま絶句する天志の頭の中は、もはや真っ白だ。

「見学だけなんてつまらないだろう？　ここの生徒ならチャレンジ精神を持った方がいい」

「は、……あ、でも、俺、モデル科の生徒じゃないし……」

「何事も経験、経験。おいで」

「ふぁわ……っ！」

京は天志の手を握《にぎ》ると、歩き出してしまう。

「あ、あの、あの……！」

どうしたらいいのかと、見学はダメと言い続けたスタッフに、助けを乞《こ》う目を向けたが、彼はふうとため息をついて、黙《だま》ったままついてくるのみ。

――ち、力関係、明らかにキョウの方が上か……！

「俺、女じゃないですし！」

「着るのはドレスじゃないし、アヤカは少年っぽい顔と体形がウリのモデルだから平気」

「そ、そういう問題じゃないでしょう」

いくらボーイッシュだからって、男と女の骨格や肉付きの違《ちが》いを無視するなと言いかけたが、世にも稀《まれ》な美貌《びぼう》を持つモデルは、にっこり笑っただけで天志の反論を封《ふう》じた。

「リハーサル、リハーサル。そんなに難しく考えることはない。中、見学したいんだろう？」

確かに望んだのは自分だが、まさかランウェイを歩く羽目に陥《おちい》るなんて、考えてもみなかった。

ただ京にひと目会えたら嬉《うれ》しいなあと、ちょっとしたファン心理の暴走だったのにと、天志は手を引かれながらひたすらに困惑《こんわく》していた。

だが、と天志は努めて冷静に考えてみた。

いくら京が実力あるモデルだったとしても、デザイナーが女性モデルであるアヤカの代役に天志を使うことにうなずくとはとても思えなかった。

ならば滅多《めった》に見られないであろうバックステージ内に足を踏《ふ》み入れることができる幸運を喜ぼうと、半ばヤケクソになりながら、天志は俯《うつむ》きかけていた顔を上げた。

薄暗かった廊下から一転、眩い灯《あか》りに彩《いろど》られた部屋に入室する。

するとそれまで聞こえていたざわめきが、ぴたりと止まった。

忙《せわ》しなく手を動かしていたひとびとの、すべての視線が、入り口に立つ京に注がれた。

隣に立つ天志は、憧《あこが》れに満ちたその視線の群れに、思わず肩を竦《すく》めてしまう。

「おはようございます」

低い美声と共に、秀麗《しゅうれい》な笑《え》みを見せた京へ、その場にいた全員と思《おぼ》しき者たちが、一斉《いっせい》に挨《あい》拶《さつ》を返してくる。

「キョウ、待っていたわ！」

紫紺《しこん》のスーツを身に纏《まと》ったデザイナーらしき大柄《おおがら》美女が、飛ぶようにしてやってきた。

京はにこやかに笑いながら、挨拶と遅れた詫《わ》びをまず告げた。

「相変わらず忙《いそが》しいみたいね」

「お陰《かげ》さまで」

「で、この子は？」

天志より長身のデザイナーの視線が、ようやく京からその横へと流れてくる。

「アヤカが遅れるそうなので、その代役に。俺がナンパしてきました」

「あら」

――し、仕事なのに、そんな遊んでるみたいなこと言って……！

顔を青くして京を見上げた天志の顎《あご》を、女性デザイナーが無造作に掬《すく》い上げた。

「男の子よね」

「そ、そうです！」

だから代役なんて冗談《じょうだん》ですマジそんなこと『俺は』考えていませんという思いを、眼差《まなざ》しに込めて見つめた。ところがデザイナーはマジマジと天志を覗《のぞ》きこみ、さらに一歩下がって全身に舐《な》めるような視線を向けてくる。

「背はアヤカの方が二センチ高いかな。サイズは？」

「サイズって」

「スリーサイズ」

「わ、分かりません」

「上から八十四、六十二、八十三、股下《またした》八十三くらいかな。アヤカとほとんど変わらないかと」

横から京が口を出してくる。

「確かにサイズはほぼ同じね。じゃあ、用意しましょう」

デザイナーはにっこり笑った。

「は、え……、あ、あの？」

どういうことかと首を傾《かし》げる天志に、デザイナーはあまりにもあっけらかんと恐《おそ》ろしいことを告げた。

「アヤカの代わりにランウェイを歩いて」

「――冗談、ですよね？」

「もちろん本気よ？　ていうか冗談言ってる暇《ひま》なんてないから、さっさと行ってちょうだい」

ぅええぇ……っ⁉

「おっ、俺、モデルじゃないんですけど……！」

悲鳴混じりの声でそう言った天志を、デザイナーはちらりと見て、そうして微笑《ほほえ》んだ。

「とりあえず転ばないで歩いてもらうだけでOKよ」

自分の作品だというのにそんな簡単に言っていいのかと、内心困惑しながら首を傾げると、

「キョウの知人なら、ヘマなんてしないでしょ？」

誤解です、知人じゃありませんと叫《さけ》びかけた天志は、だが方々から伸《の》びてきた手の勢いにのまれ、言葉を発する機会を奪《うば》われた。そしてそのまま鏡の前に座らされ、髪《かみ》を弄《いじ》られ、メイクをされ、あれよあれよという間に身ぐるみ剝《は》がされてしまう。

そして纏わされた衣装《いしょう》は、先刻の派手なイメージのデザイナーの手のものとしては、ずいぶんと色味を抑《おさ》えたノースリーブのシャツとショートパンツ、それに膝上《ひざうえ》まであるフリンジつきのロングブーツという装《よそお》いだった。

確かに最初に京が言っていたようにドレスではなかった。着用した姿を鏡に映してみれば、ちょっと複雑なほど違和感《いわかん》がない。ただシャツが、前側は短いのだが、後ろがまるで燕尾服《えんびふく》のように長く、ふわふわひらひらしているうえに、胸元《むなもと》に大きなリボンまでついていた。弛《たる》みのある部分を軽く修正されると、最後にテンガロンハットを被《かぶ》せられた。

「時間がないから早く行って！」

帽子《ぼうし》を被せたスタイリストの切羽《せっぱ》詰《つ》まった声に押され、天志はヨロヨロと歩き出した。途端《とたん》に高さ十センチはあるヒールによろけて、見ていた周囲のひとたちが失笑《しっしょう》する顔が目に入った。

——うう……。

内心へこみながらも、ランウェイのある方へと向かった。そこに行くまでにさらに二度ほど躓《つまず》きかけた天志は、だがすでに用意を終えていた京を見上げた途端に、屈託《くったく》が吹《ふ》っ飛んだ。

京の装いは、形は違えど天志と色目がほとんど同じだった。だが着る者が着ればこんなにもカッコイイのかと、天志は今の自分の状態も忘れて、ぼう、と京に見惚《みと》れる。

京は、頭から爪先《つまさき》までを、悪戯《いたずら》っぽい眼差しでさらりと撫《な》でてきた。

「腕《うで》も太腿《ふともも》も細いな」

そう言って、天志の剝《む》きだしの腕ばかりか太腿まで触《ふ》れてくるから、ぎゃっと奇妙《きみょう》な悲鳴をあげてしまった。

「な、何、何を……！」

「ん？　硬《かた》くなってるかなと思ったから、リラックスさせようと」

と、それが必殺技であると本人も分かっているのだろう、にっこりと笑みを見せる。

だが出会って以来もう何度も見せられた微笑《びしょう》に、わずかながら耐性《たいせい》ができた天志は、決死の覚悟《かくご》で京を見上げた。

「今の、お、女の子にしたらセクハラですよ……！」

「男にならいいんだ？」

「じゃなくて、『セクハラ』って方に重点を置いてください！」

「嫌《いや》だった？」

は？　と天志は首を捻《ひね》る。

「俺に触《さわ》られて、嫌だった？」

間近に顔を寄せられた天志は咄嗟《とっさ》に、嫌じゃないですけどと言ってしまった。

「嫌じゃなければセクハラにならないんじゃない？」

ねえ？　とおかしげに首を傾げられて、口を開きかけた時、スタッフに出てくださいと促《うなが》され、反論の機会を奪われる。

京が一歩踏みだしたのにつられ、天志もまた歩きだす。だが十センチヒールのロングブーツは、さすがに性別が男である天志には相当な難物だった。

まるでブリキのオモチャが歩くかのように、ぎこちなくしか足が動かない。颯爽《さっそう》と背筋を伸ばそうとすれば足元が疎《おろそ》かになり、歩調を気にしていると猫背《ねこぜ》になってしまう。

そしてさらに、ランウェイに出るなり、見物人たちの悲鳴に似た歓声《かんせい》が耳に入った。

「わ……」

ランウェイの先には、大勢の見物人が待ち構え、熱っぽい視線で京を見上げている。

――俺、とんでもないことをしている。

その歓声を聞き、熱い視線に触れた天志の心に、俄《にわ》かに恐れが奔《はし》った。

その恐れは、天志の足を竦《すく》ませる。

ただでさえぎこちない動きだというのに、さらに竦んでしまったら、もうちゃんと歩を刻んでいるのかすらも分からなくなる。

天志は本来、物怖《ものお》じする性格ではない。けれどこれまで経験したことのない場所に引っ張りあげられてしまったためにパニックに陥《おちい》り、今にも逃《に》げそうになる。だがそんな天志を救ったのは、隣《となり》を歩く世界的有名なモデルだった。

背中に手をやり、軽く叩《たた》く。刺激《しげき》を受けた天志はハッと我に返り、咄嗟に京を見上げた。

ランウェイに出る直前に見たのとまったく同じ、悪戯っぽい微笑みが浮《う》かんでいる。

美麗であるのに、どこか安堵《あんど》も抱《いだ》かせる笑みを見ていると、不思議なことにスコンと緊張《きんちょう》が抜《ぬ》けた。

――これは本番じゃないし、俺はモデルでもない。代理なんだから、緊張する必要なんてないじゃないか。

と、そう思えば、たちどころに気が楽になった。

それにこんな経験、滅多《めった》にできないだろう。

持ち前のプラス思考を発揮した天志は、肩《かた》から力を抜いて、京に笑《え》みを返した。それは少しだけ引きつっていたが、充分《じゅうぶん》彼に気持ちは伝わっただろう。ちょっと驚《おどろ》いたように目を瞠《みは》った京は、やがて滲《にじ》むようにじわりと笑みを面《おもて》に広げた。

背中に回っていた京の手が、天志の顎を掬った。徐々《じょじょ》に近づいてくる。

「な。え……？」

「ショーの演出」

ひっそりと囁《ささや》かれても、なんのことかまったく分からない。

笑んだままの京の顔がどんどん寄せられる。

さすがに互《たが》いの距離《きょり》が十センチに満たなくなったところで、天志は非常事態を悟《さと》った。

ちゅ、と頬《ほお》に唇《くちびる》が触れる。そしてそのままそれは天志の唇へ――――。

「何しやがる……っ⁉」

唇に触れる寸前、天志は世界的有名なメンズモデルである京の横面《よこづら》を、思いきりひっぱたいてしまった。

「キャアア――――ッ‼」

刹那《せつな》、その場は阿鼻叫喚《あびきょうかん》の悲鳴で溢《あふ》れ返った。

……それが今日、天志に襲《おそ》いかかった、最大級の災難であった。

〈二〉

誰《だれ》にも……それは大好きな父にも内緒《ないしょ》にしていたことだが、天志には一年前から憧《あこが》れていたひとがいた。

キョウこと、葛城京。

世界でもトップクラスの顔とスタイルとウォーキングと着こなしをするメンズモデル。

一年前に初めて観《み》たショーのラストを飾《かざ》った京は、天志にファッション界への扉《とびら》を開けさせた張本人だ。

憧れるのは自分の勝手で、京にとってはなんの意味もないし関係もないし、聖人君子でいてくれなんてもちろん言わない。

彼が犯罪でも犯《おか》さない限り、天志はきっとずっと京に憧憬を抱き続けるだろうと思っていた。

それなのに、と天志はしょんぼりしながら唇を噛《か》みしめた。

今日から天志が暮らすことになる下宿先は、学院から徒歩十分ほどのところにある。

学院には寮《りょう》が完備されているが、父の古くからの友人がぜひうちに来てと言ってくれたために、そちらで世話になることになっていた。

その下宿先へ向かいながら、天志は悄然《しょうぜん》と俯《うつむ》いた。

——叩いたのは悪かった、と思う。思うけど……。

ランウェイの真ん中で思いきりモデルの顔を殴《なぐ》った天志を、周囲の者たちは血相を変えて押さえこんだ。

背中から押し倒《たお》され、上に乗られ、危《あや》うく圧死しそうになったところを、セクハラをした当の本人に救われた。

あちこちから赤くなった頬を冷やすようにと、濡《ぬ》れたハンカチや瞬間《しゅんかん》冷却剤が押し当てられるが、京は軽く首を振《ふ》るとその手を退《ど》けさせる。そして転がる天志をひょいと持ち上げ、

「腕《うで》が細いわりにいい張り手だな」

などとあっけらかんと言うものだから、天志はもうどういう反応をしていいのか分からず、顔を真っ赤にしながら黙《だま》りこくった。

俯いて唇を嚙む天志をどう思ったのか、京はそのまま抱っこしてランウェイを戻《もど》ってゆく。天志はそうされても、もう何も言わなかった。少しでも早く、この場からいなくなりたかったのだ。

「キョウさん……！」

「そんな子放《ほう》っておいていいでしょう、早く殴られた手当てを！」

あちこちから声を掛《か》けられるし、手も伸《の》びてくる。しまいには、

「モデルの顔を殴るなんて、何を考えているの。賠償《ばいしょう》問題ですよっ」

そんなことまで言われたものだから、天志はぎくりと身体《からだ》を震《ふる》わせた。

「賠償か」

何事か考えるかのように、京は呟《つぶや》いた。

もし本当に賠償問題となったら。

もちろん天志に、賠償金を払《はら》えるはずもない。父と母に迷惑《めいわく》がかかる、と思った瞬間、どうにかしなければと天志は必死に京へと視線を縋《すが》らせた。

「俺、あの……」

蒼白《そうはく》になっているだろう、天志をちらりと見た京は、すぐにふっと笑った。

「働いてもいない十八歳に賠償なんてさせるわけないだろう。冗談《じょうだん》だ」

「世の中はそう甘くないんだってことを、子供だからこそちゃんと分からせなきゃ」

「そうですよ、お仕置きは必要です！」

だが周りを囲む者たちは口々に言い募《つの》る。すると京は歩みを止め、その場にいたひとりひとりに目を向ける。

天志には京がどんな顔をしているのか見えないが、彼の視線に触れた全員が、ぴたりと口を噤《つぐ》んだ。

「俺が冗談だと言ったの、聞こえませんでした？」

静かな声だった。けれど他者を黙らせる『何か』がある。

「俺は大丈夫《だいじょうぶ》です。お騒《さわ》がせしてすみませんが、皆《みな》さんそれぞれ仕事に戻ってください」

「で、ですが……」

「ついてこなくて結構です」

一瞬でシンとしたところを、京は再び悠然《ゆうぜん》と歩く。ついてくる者は誰もいなかった。

ふたりきりになった時、京は思案深げに声をかけてきた。

「なあ」

「……なんです」

「おまえ意外と薄情《はくじょう》だな」

「え？」

京は何か言いかけたが、そこにスタッフがやってきたために、言葉を聞きそびれる。

それからのことを、天志はあまり覚えていない。

服を着替《きが》え、スタッフにもう一度厳重注意をされ、追い立てられるようにして外に出た時には、もう真っ暗だった。

散るようにと言われたのか、見物人もひとりもいない。

学院を出る時、守衛に楽しかったかいと声をかけられたけれど、天志はうなずけず、ただ、ありがとうございましたと頭を下げることしかできなかった。

――あんなふざけたヤツだったなんて。

一年前、京に憧れた天志は、ショーモデルとしての彼を追いかけた。ＣＭや雑誌の仕事以上に、ランウェイを歩く彼がとても魅力《みりょく》的に見えたからだ。

デビューは十五歳、パリコレだったこと。

以来毎年メンズコレクションのパリとミラノに出演していること。

現在彼が広告塔《こうこくとう》を務めるブランドは三社。うち一社はイタリアの世界的有名なブランド、一社は天志が初めて観たショーのブランドで『ＡＳＨ－ＲＥＤ』。もう一社は、ここ数年で目覚ましい成長を遂《と》げている、日本の若手ブランド『Ｚｉｚ』だった。

京が出演するショーはほとんどが海外だから、高校生だった天志はとても観に行くことはできないが、インターネットの公式配信や時折テレビのファッション番組があれば、録画をして何度も見た。

そんなふうに、最初に得た彼への強い憧憬を、さらに膨《ふく》らませていったのだ。

それなのに。

勝手に憧れていただけだ。けれど胸の中にたくさん詰《つ》まっていた希望や願いが、一気に萎《しぼ》んでしまったように感じる。

天志は悄然としながらも、下宿先を目指した。

「天《たか》くん」

肉声ではほぼ一年ぶりに聞く声が、天志を呼んだ。ハッと振り返ると、長身かつ精悍《せいかん》な面立《おもだ》ちの美丈夫《びじょうふ》が近づいてくる。

「柊至《しゅうじ》さん！」

パッと顔を綻《ほころ》ばせ、天志は男に駆《か》け寄った。

「お久しぶりです……！　あ、今日からよろしくお願いします！」

破顔して、だがすぐに慌《あわ》てて頭を下げる。相手はにこにこと笑いながら、うん、よろしく、とうなずいた。

「学院、見学してきたんだろう？　どうだった？」

そう言われた天志は、途端《とたん》にしゅんと肩《かた》を落とす。

「あれ、もしかして迷子になって辿《たど》り着けなかったのかい？」

「ち、違《ちが》います」

先刻の騒ぎを言うべきか迷う。だが逡巡《しゅんじゅん》していると、男の表情もまた曇《くも》ってゆく。

「もしかして兄に会って、何か言われたのかな」

「あ、いえ、それも違います！」

慌てて頭を横に振ると、男はうーん、と上空を仰《あお》いだ。

「兄には釘《くぎ》を刺《さ》しておいたから、そうそう君にちょっかいはかけないと思うが」

「大丈夫ですよ。そもそも理事長とそう頻繁《ひんぱん》に会うこともないでしょうし」

男――柊至の名字は『狩野』だ。そして彼の兄は、数年前に【狩野服飾学院】の理事長の地位を継《つ》いだ人物で、少々個性的かつ破天荒《はてんこう》なタイプだった。

とはいえ、弟の柊至が本気で心配するような悪ふざけはしないだろうと思う。

「まあそうであることを願っているよ。何か厄介《やっかい》事が起きたら、いつでも相談して」

柊至はそう言って、にっこり笑った。

「……ありがとうございます」

柊至は天志の父である遠藤俊也《としなり》の、古くからの友人だ。

俊也は四十二、柊至は今年三十二というから、年齢差《ねんれい》は十ある。だが付き合いは十五年近く続いているのだという。

俊也が以前フォトグラファーとして第一線で仕事をしていた時、当時モデルをしていた柊至と出会ったのだそうだ。

元モデルというだけあって、柊至は彫《ほ》りの深い整った造作をしており、背丈《せたけ》は百八十センチを軽く超《こ》えている。

「今夜は歓迎会《かんげいかい》な。下宿人のうちひとりは帰りが遅《おそ》いが、もうひとりはいるから三人で」

「わ、ありがとうございます」

再度頭を下げた時、ちょうど天志の東京での住まいが目前に見えた。

下宿先――という言葉から想像するような家からはかけ離《はな》れた豪邸《ごうてい》が、そこに『聳《そび》えて』いた。

初めてこの家を見た時、天志はまるでお城のようだと思ったものだ。その建物の規模と尖《とが》った屋根が、そう思わせたのだろう。

地上四階、地下一階、部屋数は二十をくだらないという。

こんな大豪邸だというのに、住んでいるのはたった三人だけなのだそうだ。

もちろん屋敷《やしき》を維持《いじ》するために、通いで庭師やお手伝いさん、運転手や料理人まで雇《やと》っているのだという。

「下宿されているのは、どんなひとたちですか？」

「ひとりは俺の元秘書で、今は作家をしてる。もうひとりは……」

「もうひとりは？」

問い返すと、なぜか柊至はニ、と悪戯《いたずら》げに唇《くちびる》を歪《ゆが》めた。

「……あの、柊至さん？」

「内緒《ないしょ》にしておこう。ちゃんと紹介《しょうかい》してやるから、楽しみにしてな？」

「……？　はい」

首を傾《かし》げつつ、天志はうなずいた。


「天くん、部屋は空いているところを使ってくれ。一階はリビングや食堂、浴室があって、個人の部屋はない。二階はほぼ満室だが、三、四階はほとんど空いているから、どこでもいいよ」

「はい、じゃあ早速《さっそく》！」

城のような豪邸の部屋のどこでも使っていいと言われた天志は、弾《はず》むような足取りで、緩《ゆる》いカーブを描《えが》く階段へと走った。

「先に届いていた荷物は、二階の階段に一番近い部屋にとりあえず置いておいた。部屋が決まったら、明日にでも運び込もう。手伝うよ」

「ありがとうございまーす」

親切な柊至の申し出に礼を言いながら、天志は身軽に階段を駆け上がった。

まずは三階に向かう。

部屋数は四つ。期待に満ちつつまず最初の部屋の扉《とびら》を開けた。

「……すげぇ」

広さ十五畳《じょう》ほどあるだろうか、ピンク色の壁《かべ》とふわふわの白いレースのカーテン。ラグもまたピンク色だ。ソファや花の形を模したテーブルなどといった家財は、目にも眩《まぶ》しい純白。

明らかに少女向けの配色のこの部屋は早速スルーして、扉を閉めた。

続いて隣《となり》を見てみると、こちらはグレーや黒といったダークな印象の色が使われている。

三部屋めは、ペールグリーンを基調とした爽《さわ》やかな色合いで、天志の好みに一番合った。

「こんなに広くなくていいのになあ」

天志が今朝まで住んでいた家の自室は、六畳ほどの広さだった——そしてその広さで充分《じゅうぶん》だった——から、あまりに広いと、逆に気後《きおく》れしてしまう。

そして三階最後の部屋はといえば、鍵《かぎ》が掛《か》かっていた。

「あ、下宿人がいるって言ってたもんな」

その下宿人の部屋なのだろうと察した天志は、続いて四階に向かった。

「もう少し小さい部屋ってないのかなあ」

四階にもなかったら、三階の三部屋めを借りようと思いながら、階段を上る。

「屋根裏部屋風……！」

四階の最初の部屋に入った途端、天志の目がきらりと輝《かがや》いた。

そこは、天志が怖気《おじけ》づくほどの広さではなく――八畳ほどだ――、また尖った屋根のちょうど下に当たるのか、部屋が四角錐《しかくすい》の形をしていた。

備えつけられているベッドカバーもカーテンも絨毯《じゅうたん》も、天志が大好きな海の色、家財も木目調で、何もかもが好みだった。

即座《そくざ》にここにしようと決める。

「はー」

ようやくひと心地《ごこち》がついた天志はベッドに腰《こし》かけると、そのままゴロンと寝転《ねころ》がる。

適度な硬《かた》さがあって、寝心地は抜群《ばつぐん》だ。少し身動《みじろ》ぎをして、うー、と伸《の》びをした。

「今日からここに住むのかあ」

まだ実感が薄《うす》いが、すぐに馴染《なじ》んでいくはずだ。

「あ、そうだ」

ベッドから跳《は》ね起きて、床《ゆか》に置いたバッグを引き寄せる。

身の回りの品々は事前に送っておいたが、大事なものは持ってきていたのだ。

窓際《まどぎわ》に置かれたデスクの前に座ると、バッグの中に手を突《つ》っ込んだ。

学院の入学案内書とパンフレットと学生証。そしてアルバムと写真集。

今は活動を休止しているが、フォトグラファーである父の俊也が撮《と》ってくれた写真が、アルバムに貼《は》られている。写真集も父の作品だ。

アルバムには天志や家族だけでなく、島のひとや友人たちの笑顔《えがお》がたくさん詰《つ》まっている。

アルバムをめくっても感傷的にはならない。

それは天志に勇気をくれるものだった。


その日の夜は、柊至と狩野邸に下宿しているひとりが、天志の歓迎会を催《もよお》してくれた。

柊至は芸能一族と言われている狩野家の一員として、モデル事務所の社長をしている。明日行われる学院内のショーにも、彼の事務所所属のモデルが出演するのだという。

下宿人は名を高塔《たかとう》と言い、柊至の元秘書で昨年作家デビューを果たしたのだそうだ。

同年代の生徒たちが集まる寮《りょう》での生活にも心惹《こころひ》かれていたから、俊也に強く推《お》されなければ、学生寮を選んだだろう。

――親バカっていうか過保護っていうか？　俺そんなに危なっかしいかなあ。

そう思いながらも、天志は俊也がとても好きだったし尊敬もしていたから、彼の言葉にうなずいたのだ。

正直豪邸の規模には腰が引けたが、鷹揚《おうよう》でやさしい彼らとならば、きっと楽しい生活を送ることができるだろうと天志は思う。

歓迎会は三時間後にお開きとなり、その後俊也に連絡《れんらく》をした。

待ち兼《か》ねていたらしい俊也にひとしきり文句を言われたが、それが鬱陶《うっとう》しいと思うよりありがたい気持ちになる。しかも、

『何かあったか？　声が少しおかしいが』

と、調子をすぐに看破されてしまった。

天志の脳裏《のうり》に、学院内での騒《さわ》ぎが鮮《あざ》やかに甦《よみがえ》る。ちょっとだけへこんだが、すぐに何もないよと笑った。そして微妙《びみょう》な空気を振《ふ》り払《はら》うように、敢《あ》えて明るく言葉を続ける。

「それより今日、モデルのキョウに会っちゃった。びっくりしたよ」

『へえ。何か言ってたか？』

「何かって、何を？」

問い返すが、俊也からの返事はない。

天志はふと、彼にかけられた言葉を思い出した。

――おまえ意外と薄情《はくじょう》だな。

確かそんなことを言われたような気がする。

あの時はショックを受けていたからスルーしてしまったが、あれはどういう意味だったのだろう？

「そういえば、……なんか、薄情とかなんとか言われた」

すると俊也は、不意に低い声で笑った。

「何笑ってんの？」

薄情だなんて詰《なじ》られる覚えはないと唇を尖《とが》らせると、まるで目の前で見ているように、そう膨《ふく》れるなと宥《なだ》められた。

それからはごくごく他愛《たわい》もない話をし、電話を切るのを渋《しぶ》る父を、またすぐに連絡するからと説き伏《ふ》せて受話器を置いた。時計を見れば、すでに十二時近い。

すぐに一階にあるという大浴場に入って汗《あせ》を流して、一時前に床《とこ》に入った。

初めてのベッドだったから寝つけるかなと思ったが、それは杞憂《きゆう》だった。

疲《つか》れきった肉体は即座に睡眠《すいみん》を要求し、天志はあっという間に眠《ねむ》りに就《つ》いたのだった。

❦ ❦ ❦

何かが触《ふ》れてくる。

それはまるで、閉め忘れた窓から入ってきたやさしい風のように密《ひそ》やかで、天志の眠りを妨《さまた》げるほどではなかった。

だが、そのまま再び深く寝入ろうとした天志に、さらに少し強めの刺激《しげき》が与《あた》えられる。その微《かす》かな気配に違和《いわ》感《かん》を覚え、ゆっくりと意識が浮《う》かび上がっていった。

――ひとが、いる？

何か言っているようだが、意味は理解できない。と、抜群の寝心地だったはずのベッドがやけに硬いなと思った瞬間《しゅんかん》、天志は覚醒《かくせい》した。

「……ん、な、……っ⁉」

なんだ？　と口にしかけたが、己《おのれ》が今陥《おちい》っている事態に気づくなり、ぎゃっと悲鳴をあげた。

「だ、……おまえ誰《だれ》だよ——ッ⁉」

眠りに就いた時にはひとりだったベッドの上に、自分以外の者が……しかもまるで抱《だ》き枕《まくら》のように天志をがっちり拘束《こうそく》している輩《やから》がいた。

就寝時《しゅうしん》にすべて消したはずなのに、ベッド脇《わき》に置かれたライトに灯《あか》りが点《とも》っている。だが相手の胸に頬《ほお》を押し当てた状態のために、誰なのかまったく見当もつかなかった。

もしかして柊至あたりがふざけてベッドに潜《もぐ》りこんできたのだろうか、……いやいや、東京に出てきたばかりの自分が、心細い思いをしているかもと心配して、それで添《そ》い寝をしてくれたのだろうか？

性善説を信じるタイプの天志は、ひとを悪意ではなく善意で捉《とら》えようとした。だが、

「うるさい、静かにしろ」

低く、そしてあからさまに不機嫌《ふきげん》そうなその声を聞いた瞬間に、天志は相手を特定した。けれどそれは天志にとってまったく予想外で、心に少しも過《よぎ》らなかった人物だったために、大混乱に陥る。

「ど、……ど、どうして、あんたがここにいるんだ、キョウ……⁉」

「うるさい、と言った」

「おい、何本格的に寝ようとしてんだよ。起きろって！」

がっちり腕《うで》を回されているから身動きができない。天志ができるのは、口で相手——京を糾弾《きゅうだん》することだけだった。

「これは俺のベッドだ」

「は？　え……。……て、もしかしてここに下宿しているもうひとりって……」

「俺だ」

嘘《うそ》だ、冗談《じょうだん》だろう、と呆気《あっけ》にとられた天志だったが、すぐに我に返り、あらためて京から離《はな》れようと身を捩《よじ》った。

「動くな」

「ここがあんたのベッドなんだったら、俺出てくから手を離せよ！」

「別にここで寝てもいいだろう」

「いやいやいや、狭《せま》いだろう？　あんた身長百九十近くあるんだから」

実のところ、ふたりで横になってもなお余裕のある広いベッドなのだが、天志は京の腕の中から逃《のが》れようと躍起《やっき》になりながらそう言った。

「おまえはちっちゃいから大丈夫《だいじょうぶ》」

「ちっちゃいって言うな……っ」

もはや敬語を使うことも忘れ、ムキになって嚙《か》みつくと、少しだけ拘束が緩《ゆる》んだ。

聞き届けてくれたのかと安堵《あんど》した瞬間、京は顔を寄せ、じいと覗《のぞ》きこんできた。

仄《ほの》かな灯りだが、しっかりと京の顔を認識《にんしき》できるほどには明るい。

その男らしい美貌《びぼう》は、己が彼に憧《あこが》れていたことを嫌《いや》でも思い出させて、頬が熱くなってくる。

至近で目を合わせ続けるのはこんなにも苦行なのかと、天志が内心へこたれそうになっていると、京はふうとため息をついた。

「な、何」

「俺はほぼ一カ月ぶりにこの家に戻《もど》ってきた」

「……？」

「その間、もちろん遊び呆《ほう》けていたわけじゃない。昨日はパリ、一昨日《おととい》はミラノ、その前はニューヨーク。――というのは大袈裟《おおげさ》だが、とにかく家どころか日本に帰国する暇《ひま》もないほど海外を飛び回り、ランウェイを歩き続け、カメラの前でポーズを取り続け、何十人ものインタビュアーの毎回同じ退屈《たいくつ》な質問に嫌な顔ひとつせず答え続けてきた」

「……それはお疲れさまです」

だがだからなんだというのか。自分は人気モデルですと自慢《じまん》しているのだろうかと、天志は首を傾《かし》げた。

「そして帰国直後に雑誌の撮影《さつえい》を二本こなし、明日――もう今日か――行われるという学院のショーのリハに向かった。そんな俺を待ち受けていたのは、おまえの平手だったわけだが」

「……う」

うっ、と天志は詰《つ》まった。

よもやそこへ帰結しているのだとは、少しも考えていなかったのだ。

「ごめんなさい……」

そういえばちゃんと謝っていなかったと、天志はこんな場面ながらも律儀《りちぎ》に頭を下げた。

やっぱり賠償《ばいしょう》しろと言われるのだろうかと首を竦《すく》めたが、どうやら違《ちが》うらしい。別にいいと素っ気なく返事をされ、天志はホッとした。

「リハのあとさらにインタビューと撮影をしてきた。つまり」

「……つまり？」

「さすがに体力の限界だ。だから今俺の眠りを邪魔《じゃま》する奴《やつ》は許さない」

京はひと息にそう言い放つと、もう絶対話しかけるなとばかりに、目を閉じてしまった。

「だ、だから俺はほかの部屋で寝《ね》るし。あんただってその方がゆっくり眠れるだろう？」

もちろんこの状態でなんて絶対に眠れないから、というのも大きな理由だが、今告げたことも本音だ。

だが京は天志のその気遣《きづか》いを無視し、それどころかさらにぎゅっと抱きしめてきた。

「おい、って」

「もう黙《だま》ってろ。今度喋《しゃべ》ったら口を塞《ふさ》ぐ」

そんな横暴なとムッとしながらも、もぞもぞと居心地《いごこち》悪く身を捩った。すると今度は、

「動くな。次に動いたら縛《しば》る」

その断定口調に、一瞬《いっしゅん》でカッとなった天志は、

「そんな命令にうなずけるか！」

気がついた時には、そう叫《さけ》んでしまっていた。

あっ、と口を塞いだものの、当然出てしまった言葉がなかったことになるはずもない。

ものすごく不機嫌です、と眉間《みけん》に皺《しわ》を寄せた――決して芳《かんば》しい表情ではないというのに、悔《くや》しいことに彼はそれでも魅力《みりょく》的だった――京は、無言のまま近づいてきた。

「何……」

「言っただろう。今度喋ったら口を塞ぐ、と」

冗談ではない、彼の大きな掌《てのひら》で塞がれたら窒息《ちっそく》してしまう、と逃《に》げようとした。だが京は天志の上にがっちりのしかかってくる。

そして彼は天志の口を塞いだ。

掌ではなく、唇《くちびる》で。

己の身に何が起こっているのか、天志は最初、まったく認識できなかった。

触《ふ》れているやわらかなものがひとの唇だなんて信じられなかったし、……信じたくもない。

小さな音を立てて唇が離れる。だが天志が我に返る前に再び塞がれ、さらに舌でねっとりと舐《な》められる。

その時、じわりと痺《しび》れのようなものが、唇に走った。

「ん、……」

思わず声が漏《も》れ、唇が開いた瞬間をすかさず狙《ねら》われ、京の舌が無遠慮《ぶえんりょ》に内側に入り込んでくる。それを退けられるほど、天志は経験豊富ではなかった。

京は舌先で、天志のあちこちに触れてきた。それは無造作な仕草でありながら殊更《ことさら》に丁寧《ていねい》で、触れられれば意図せず震《ふる》えてしまう部分ばかりだ。

ことに上顎《うわあご》の窪《くぼ》みの部分を舐められた瞬間、ぞくりと背筋に快感が走る。その初めて知る感覚が、天志を正気づかせた。

「んー……っ」

やめろと首を振《ふ》っても、がっちり上に乗られているうえに両掌で頬を包みこまれているから、唇を外すことができない。

しかもたった十秒程度のキスだというのに、京からのそれは天志の身体《からだ》から力を奪《うば》った。抵《てい》抗《こう》しているのに、京からすれば容易《たやす》く押さえこむことができるほど弱々しい。

京が思う存分天志の口腔《こうこう》内を堪能《たんのう》し、ようやく舌が退いた時には、悔しいことに全身をトロトロにされてしまっていた。

だが平然と見下ろしてくる京の視線とかち合った瞬間《しゅんかん》、羞恥《しゅうち》と怒《いか》りが全身を駆《か》け巡《めぐ》る。

天志は渾身《こんしん》の力で京を突《つ》き飛ばし、続いて平手打ちをした。

ところが頬に触れる寸前、手首をがっちり摑《つか》まれてしまう。

「一日のうちに二度も殴《なぐ》られる趣味《しゅみ》はない」

「は、離せっ」

掴まれた手を力いっぱい振ったのにびくともしない。

身長にして二十センチの体格差は、まるで大人と子供だ。身を起こしていれば逃げ果《おお》せたかもしれないが、のしかかられた状態では分が悪すぎる。

「離せって言ってんだろ！　てめ、何考えてんだよ……っ！」

それが一年来の憧れの君であることもすっかり忘れ果て、天志は暴言を吐《は》いた。

ショックより怒りの方が大きいのは、京があくまでも悪びれず、飄々《ひょうひょう》とした態度だからだ。

ひとの唇をいきなり奪っておきながら、平然としているなんて信じられなかった。

「うるさい口を塞いだだけだ」

「うるさいからってだけでキスするヤツがどこにいる！」

「ここにいるだろう」

「口を塞ぐなら手でもいいだろうがあッ！」

怒り心頭《しんとう》、天志が叫ぶと、京はふと唇を閉じた。そして驚《おどろ》いたことに、それはそうだなとうなずいたのだ。

「……いっ、いまさら気づいたって遅《おそ》い」

「今の言葉は適切じゃなかった。確かにうるさかったから口を塞いだが、それだけじゃなく」

そう言いながら、京の顔がまた近づいてくる。

「な……、何」

「おまえの口に触れてみたかった」

上に乗る男をまじまじと見て、それが冗談《じょうだん》ではないことを悟《さと》った天志は、言葉を失った。初対面に近い人間に対して、こんなことを言えてしまう男がこの世にいるなんて信じられない。

――――ていうより、もしかして俺、貞操《ていそう》の危機なんじゃ……。

口に触れたかったという男に組み敷《し》かれているという現実が、天志の心音を上げさせた。

これまで感じたことのない危機感。

身動《みじろ》ぎ、と身動いだが、京は天志を逃がすつもりはないようだ。じっと天志を見下ろすと、ぽつりと呟《つぶや》いた。

「それに少し怒ってもいる。薄情《はくじょう》なおまえにな」

「薄情……。なんで俺が薄情？」

先刻も聞いた、言われて嬉《うれ》しいと決して思えない言葉に反応した天志は、小さく訊《き》き返す。

だが天志が思い至らないことこそに苛立《いらだ》つのだろう、京がまた物騒《ぶっそう》な感じに無表情になる。

「自分の胸に聞いてみろ」

「教えてもらわなきゃ分からないよ！」

わけが分からないまま薄情だと言われるのは気分が悪いと言ったのに、京は決して答えを口にしなかった。

そして天志をぎゅっと抱《かか》えこんだ。それはどこか不貞腐《ふてくさ》れた子供がするような幼稚《ようち》な行動だったが、先刻の『口に触れてみたかった』発言を聞いてしまった今、天志は猛烈《もうれつ》な危機感に、これまでになく全力で抗った。

「はっ、離せ！」

動かせるところがあれば、力いっぱい動かすと、さすがに手を焼いたのか、京の手がわずかに浮《う》いた。その隙《すき》を狙ってベッドから飛び降りようとしたところを、勢い余って顔から床《ゆか》に突っ込みそうになる。

声らしい声も出せずに床に激突《げきとつ》する寸前、背後の京に軽々と掬《すく》い上げられた。

「あ……っ」

「……おまえは小猿《こざる》か」

呆《あき》れたように呟かれ、そのまぐいと背中から抱《だ》きしめられた。

落ちかけたところを救われたことと、背中に触れる京の胸の感触《かんしょく》、その両方にドキドキしていると、ふうとため息をつかれた。

「とにかく今は俺を寝かせろ」

そう言って京は、天志を腕《うで》に抱きながら再びベッドに転がった。

「うわ……っ」

離せと言っても、京は絶対に腕を緩《ゆる》めない。

胸を突き破ってしまいそうなほど、鼓動《こどう》が速くなる。

いまだかつて経験したことのない類《たぐい》の緊張感《きんちょうかん》に、天志は泣きたくなる。

暴れても、自由になる足を振り回すように動かしても、京は解放してくれなかった。

ふたりの攻防《こうぼう》はしばらく続いたが、やがて天志は根負けし、ぐったりと力を抜《ぬ》いた。

と、同時に、背後から聞こえる、穏《おだ》やかな寝息《ねいき》に気づく。

規則正しい息。二度、瞬《まばた》きをして、そうしてそぉっと首を後ろへ回した。

両腕ががっちりと身体に回っているから少し苦労したが、京の顔が見えた途端《とたん》、天志はどっと肩《かた》を落とした。

「ほ、本当に寝てる、のか」

確かに疲《つか》れているとは言っていた。が、あれだけ天志が暴れたというのに、そのまま寝入ってしまうなんて、どうにも納得《なっとく》できない。天志が気を抜くまで狸寝入《たぬきねい》りを決めこんでいるのではないかと、あらぬ疑いをかける。

だが一分待っても、京は目を開けなかった。

どうやら本当に眠《ねむ》ったのだと納得し、細く長い息をつく。

「……なんてはた迷惑《めいわく》なヤツだよ」

つい数時間前まで憧《あこが》れていたはずの男を、恨《うら》みがましく睨《にら》みつけた。だが目を閉じ眠る顔をじっと見ていれば、睨んでいたはずなのにいつの間にか見惚《みと》れてしまっていることに気づき、再びため息が零《こぼ》れ落ちた。

この、万人《ばんにん》が称《たた》えるであろう、綺麗《きれい》な顔がいけない。

——結局このまま寝ないといけないのか。

腰《こし》に回る京の腕から逃《のが》れようと試みたが、眠っているくせにちっとも動かない。無理やり離れようとしたらせっかく眠ったのに起こしてしまいそうだし、起こしたらきっと、先刻よりもっと機嫌《きげん》が悪くなるだろう。

天志は、京の腕から逃れるのを諦《あきら》め、大きくため息をついた。

どうして離してくれないのか、もしやこうして何かを腕に抱えていなければ眠れないのかと、むう、と小さく唇《くちびる》を尖《とが》らせる。

と、腰に回された京の両手が、無意識にか動き、脇腹《わきばら》をそろりと撫《な》でてくる。

それがあまりにも艶《つや》っぽい触れ方だったために、びく、と思わず背筋が震えた。

「……っ、ほ、ほんとに寝てるのかよ」

呟いても返事はなく、密《ひそ》やかな寝息ばかりが聞こえてくる。

熱を感じさせるその息が、身動いだ瞬間に耳を掠《かす》めて、天志はつい最前のキスを思い出してしまった。

途端にカッと全身が火照《ほて》って、いたたまれないやらこんなふうに思わされて憎《にく》らしいやらで、背後にぴたりとくっつく男を蹴飛《けと》ばしたくなった。

出会ってから今までのやりとりだけでも、京を嫌《きら》う理由になってもおかしくない。なのに大嫌いと口にすることは、やっぱりできなくて悔《くや》しい。

それでも、天志ははっきりと思った。

——こいつには近づくな。危険、だ。

と。

〈三〉

絶対に眠れないと思っていたのだが、少しうとうとしたようだ。

目を覚ました時にはすでに夜が明け、天窓から室内へと暖かな陽《ひ》が差しこんできている。

覚醒《かくせい》した途端に昨夜のことを思い出した天志は、ベッドから勢いよく起き上がった。

「あ……っ⁉　あれ、いない？」

ベッド上にも部屋にも、自分しかいない。

夢だったのだろうか？

まるで狐《きつね》に化かされたような心許《こころもと》ない気持ちになりつつも、心の安寧《あんねい》のために、無理やり昨夜のことは夢だと思いこむことにした。

時計に目をやったら、七時少し前だった。

今日は学院の入学式だ。まだ時間はたっぷりあるが、初日から遅刻《ちこく》なんてしないようにと早速《さっ》着替《そくきが》え、一階の食堂へと向かった。

御殿《ごてん》のように大きな狩野邸《てい》は、食堂もまた広く、総勢十人は腰掛《こしか》けられる縦長の大きなテーブルが置かれている。

主《あるじ》である柊至はすでに食事を開始していた。

互《たが》いに挨拶《あいさつ》をしたあとで、柊至からよく眠れた？　と訊かれる。

「あ、えーと」

一瞬《いっしゅん》言いよどんだ天志に、柊至は座ってと椅子《いす》を指し示しながら、くすくすと笑った。

「寝慣れたベッドじゃなかったから眠れなかったかな？」

「いや、俺そんなに神経質じゃないですよ。それにすごくいいベッドで……」

席に座った途端、そばに控《ひか》えていたお手伝いさんがパンとサラダ、オレンジジュースを運んできてくれた。

給仕《きゅうじ》されることに慣れていない天志はペコペコ頭を下げつつ、いただきますと手を合わせた。

「じゃあ何か別の理由でも？」

「あー、あの、俺、四階の部屋を使わせてもらったんですけど、寝てたら誰《だれ》かがベッドに入ってきたんですよ。そしたらそれがモデルのキョウだったっていう、ヘンな夢見ちゃいました」

昨夜のリアルな夢を思い出しながら、ちょっと頰《ほお》を引きつらせた天志に、柊至は、あ、と言ったきり、口を噤《つぐ》んだ。

「柊至さん？」

「天くん、あのね」

「『夢』、ね。ずいぶんと都合のいい脳みそをしているようだな」

背後からの声を聞いた途端、天志はびくりと肩を震《ふる》わせた。

慌《あわ》てて振《ふ》り返ったのと、隣《となり》にひとが着席したのはほぼ同時で、そのために真横に向けた視線と相手の視線とが、間近でぶつかってしまった。

「うぉ……っ！」

仰《の》け反ると、不機嫌そうな美形の顔がじっと見下ろしてくる。

キョウ——葛城京だった。

白いシャツにジーンズというラフな格好ながら、シャワーを浴びたのか髪《かみ》が少し濡《ぬ》れていて、やけに色っぽい。シャンプーかボディソープか、微《かす》かに鼻腔《びこう》をくすぐる柑橘《かんきつ》系の甘く爽《さわ》やかな香《かお》りに、息が止まりそうになる。

俄《にわ》かに上がった心拍数《しんぱくすう》に戸惑《とまど》いながら、それでも視線が外せない。

「昨夜のあれもこれも全部夢だったとでも思っているのか？」

ん？　と覗《のぞ》きこまれて、カッと頬が熱くなる。

「あのね天くん。紹介《しょうかい》が遅《おく》れたが、こいつがもうひとりの下宿人」

「……じゃあ」

「うん、昨夜のそれは夢じゃないね」

天志の言おうとしたことを先回りして、柊至はそう言った。

「下宿人……」

——つまりあのキスも夢じゃなかった、ということだ……。

ちらりと京を見ると、彼は出されたクロワッサンを無造作にちぎって、口に放《ほう》りこんでいた。咀嚼《そしゃく》するその口元にどうしても目がいってしまって、天志は慌てて顔を背《そむ》けた。

「おまえ三階にも部屋があるんだから、わざわざ天くんが寝てるベッドに潜《もぐ》りこむなよ」

「昨夜《ゆうべ》はあっちで寝たかったんだよ」

京は素っ気なくそう言うと、無言でいることを許されるために、リスのようにパンを頬張る天志に視線を滑《すべ》らせてきた。

「一カ月ぶりに日本に戻《もど》ってきて、ようやく自分のベッドで寝られるかと思ったら、こいつが平和そうな顔をして寝こけてたんだ。三階に降りるのも面倒《めんどう》だし、そのまま寝たんだよ」

ぶっきらぼうな声。

昨日学院内で会った時にはあんなにもにこやかで物柔《ものやわ》らかな態度だったのに、昨夜といい今朝といい、ずいぶんと印象が違《ちが》う。

これが素《す》なのだろうか。あるいはまだ寝足りないのかもしれない。

見まいと思うのに、どうしてもちらちら視線が向いてしまう。そんな天志に気づいていないのか、気づいていてもまったく気にならないのか、京は無言のまま次々に料理を口に運んだ。粗野《そや》まではいかないが、大層男らしい食べ方なのに、それすらも魅力《みりょく》的に見えるのは、自分の目がおかしいのだろうか。

そんなことをぼんやり考えながらスローペースで食べていたら、あとから来た京の方が、もう食事を終えようとしていた。

「おまえ、あの部屋がいいのか」

食後のコーヒーを飲み終えたところで、それまで食べることに専念していた京が、ふいに顔を向けてきた。

「ほかにもいくつか空き部屋はあるのに、あそこを選んだのは気に入ったからだろう？」

「え？」

「それは、……はい」

部屋の広さもそうだが、何より懐《なつ》かしさを覚えるような、あの色彩《しきさい》がとても好みだったのだ。

「あ、でも別の部屋にします。まだ荷物を運びこんでないですし」

「いい」

「……はい？」

「あの部屋を使っていいって言ったんだ」

「えっ、いいですよ！」

慌てて首を振ったら、それが気に入らなかったのか、ちらりと睥睨《へいげい》してくる。

う、と言葉を詰《つ》まらせていると、京はさっさと立ち上がり、天志の返事を待たずに食堂を出ていってしまった。

姿が見えなくなったところで、天志は大きく息をついた。

「……なんでひとの話を聞かないかなあ」

独り言のつもりだったが、声が大きかったようだ。のんびりコーヒーを飲んでいた柊至が、くすくす笑いだした。

「どうだった？　間近で見た『キョウ』は？」

ちらりと目をやると、悪戯《いたずら》げに笑う家主の顔が視界に入る。

「ど、どう、って？」

一緒《いっしょ》のベッドで寝たことはともかく、それ以外のあれやこれやまでも柊至に伝わってしまったたろうかとドキドキしてくる。

「俊也さんから聞いてたんだ。天くん、あいつのファンなんだって？」

「え」

京のファンということを、俊也に告げたことは一度もないのにと戸惑う。

隠《かく》しているつもりでも、京が出演するショーのビデオや掲載《けいさい》されている雑誌を購入《こうにゅう》しているのは、父に筒抜《つつぬ》けだったのだが、天志はそこまで思い至れなかった。

「君を驚《おどろ》かせようと思って、『キョウ』がここに住んでいるって言わなかったんだ。びっくりしただろう？」

そりゃあもう、見ず知らずの人間が寝てるベッドに潜りこんだだけでなく、あんなに簡単にキスまで奪《うば》うような傍若無人《ぼうじゃくぶじん》な奴《やつ》だったなんて知りませんでしたと、つい口を滑らせてしまいそうになる。

「あいつは父方の従弟《いとこ》なんだよ」

俺の父親とキョウの母親が兄妹《きょうだい》なんだと説明され、狩野一族って美形一族でもあるんだなと、ため息が零《こぼ》れた。

確かに外見から受ける印象は少し似ている。ふたりともあまりにも整いすぎた顔立ちで、冷たいようにも見える、硬質《こうしつ》なものだ。けれどその顔に表情が乗れば一気に華《はな》やかになって、思わず見惚《みと》れてしまうのも一緒だった。

「で、キョウの印象は？」

にっこり笑う柊至に、天志は言葉を詰まらせる。

「あの。……ええと、そうですね、カ、カッコいいですね。さすがは海外でもトップクラスと賞賛されるだけあるモデルさんだなあって、思いました」

しどろもどろになりながらそう言うと、

「仲良くできそう？」

「え、あ……、そう、です、ね……」

「よかった。キョウも天くんを気に入ってるようだし、あいつ、友人が出来辛《づら》いようだから、仲良くしてやってくれる？」

「気に入ってますか？」

これぱかりは力いっぱい不信感が滲《にじ》む声が出てしまう。

「ああ、だって君に四階の三角部屋を使っていいって言ってたし。あそこあいつのお気に入りの部屋で、自分で家具調度一式を用意したんだよ」

え、と驚く。

「あのベッドは特注でね。モデルは身体《からだ》が資本だし、寝具《しんぐ》にも拘《こだわ》っておけって言ったら、あいつの当時のギャラ一カ月分を、あのベッドに費《つい》やしたんだ」

「ギャラ一カ月分……」

当時、というのが何年前かは分からないが、彼はデビュー直後から、引っ張りだこだったという。ということは、とてつもなく高価なベッドなのだろう。

道理で寝心地《ねごこち》が抜群《ばつぐん》だったはずだと絶句していると、柊至はコーヒーカップを傾《かたむ》けながら、にっこり笑った。

「だから仲良くしてやって」

「……はあ」

うなずくものの、内心は複雑な思いでいっぱいだった。

出掛《でか》ける用意を終え、玄関《げんかん》に向かうと、すでに着替《きが》えを終えた京が玄関扉《とびら》の前にいた。

入学式用にと用意していたスーツを着る天志の上から下までに、視線を滑らせてくる。

「……あの、なんです」

――そんなにじろじろ見られたら落ち着かないじゃないか。

「敬語はいい」

「え、でも」

公式発表されている京のプロフィールでは、天志より四歳年上だ。

戸惑《とまど》っていると、

「一緒に住む奴に敬語なんて使われたくないし、昨夜散々タメ口だっただろうが」

「……はあ。じゃあ、そうさせていただき……そうする」

案外フランクな性格なのだろうかと、内心首を傾《かし》げる。

「それ、『ＡＳＨ－ＲＥＤ』……というか、ミサヲのデザインだな」

よく分かったなと驚きながらうなずいた。

「ここ」

と、京は袖口《そでぐち》に、指先を触《ふ》れさせた。

「ミサヲのスーツは、袖口のステッチが独特だ。三重のステッチで、ボタンホールの下に、クロスの模様がある。これがミサヲデザインの特徴《とくちょう》のひとつ」

「さすがは『ＡＳＨ－ＲＥＤ』の広告塔《こうこくとう》」

糸はスーツより少し暗めの色を使っているが、こんなに細かなところまで一瞬《いっしゅん》で見つけるなんてと、天志は目を瞠《みは》った。

天志が着ているスーツは、母からのプレゼントだ。

スーツは燻《いぶ》した金のような風合いをしていて、光が当たる加減によっては、華やかにも落ち着いているようにも見える。

シャツは落ち着いた深緑で、ネクタイは焦《こ》がしたような橙色《だいだいいろ》。

すべて母が送ってくれた服の中から、自分なりにコーディネイトしたものだ。

「このふわふわの髪《かみ》の色によく合っている」

そう言って京は紅茶色の天志の髪をふわりと掬《すく》うから、驚いて咄嗟《とっさ》に身を退《ひ》いてしまう。

——なんか、昨夜ともさっきとも印象が違う……！

今の京は、なんだかフェロモンを垂れ流しにしているような色っぽい視線を寄越《よこ》してきて、それがほとほと心臓に悪い。

しかも外出着を纏《まと》う京の、そのカッコいいことといったら。

京は、これまでショーや雑誌で着用してきたどんな服でも——それがどんなに奇抜《きばつ》なものであっても——、完璧《かんぺき》に着こなしてきたが、どちらかといえば淡《あわ》く明るいものより、ダークな色彩《しきさい》の方が似合う。

今日の出《い》で立ちは、黒に近いグレーで、シンプルなシングルライダースジャケットだ。アクセサリーの類《たぐい》は一切《いっさい》身につけていないが、ごついシルバーの指輪やブレスレットが似合いそうな装《よそお》いをしている。長い脚《あし》を包むのはジャケットと同色のジーンズで、誂《あつら》えたように京にぴったりだった。

見ていられるのならずっと見惚れていたいと思えるようなカッコよさだったが、天志は我に返った途端《とたん》、視線を引き剝《は》がす。

「俺、そろそろ出るから！」

お先に、とバッグを斜《なな》め掛けにして京から離《はな》れる。だが扉に指先が触れる寸前に、京にその手を取られた。

「な、何？」

「どうせ行く場所は一緒なんだから送ってやる」

「送るって、……何で？」

「バイク」

手を掴《つか》まれたまま、行くぞとぐいぐい引っ張られる。

否《いや》も応もなく、京は天志が断るなんてまったく考えてもいないようだ。

「ま……待てって。俺歩いていくし！」

京の運転するバイクに乗って登校だなんて、誰《だれ》かに見られたらなんて言われるか。

せっかく入学した学校なのだ。平穏《へいおん》無事に過ごしたいと、誰でも思うだろう。

だが、

「歩くのが日課なのか？　だったら俺も歩こう」

――うわ、やめてくれ！

夢中で首を横に振《ふ》ると、二十センチ上からじろりと睨《にら》まれた。

「何が不満だ。俺が後ろに乗せてやるって言ってるんだから、ありがたく乗っとけ」

ありがたくもなんともないと言いたかった。けれどその時京が浮《う》かべた、ちょっと拗《す》ねたような表情が、天志に言葉を止めさせた。

会うたびに印象がくるくる変わる京に、天志はとても追いつけない。

学院で初めて会った時にはにこやかで人当たりがよくて。

ベッドに潜《もぐ》りこんできた時には不機嫌《ふきげん》で強引《ごういん》なうえに要注意人物で。

つい先刻、髪に触れた時にはやけに色っぽくて。

そして今は、なんだか子供みたいな顔をしている。

そのどれもが京なのだろうが、こんなに変わられてはどう対応していいのか戸惑う。

無造作にキスをするようなひとなのだ。こういう人間は、遠くで眺《なが》めているくらいがちょうどいい。近くにいては危険。

そうやって心の中で自分を諫《いさ》めているのに、どうあっても惹《ひ》きつけられてしまう。

危険だと分かっているのに。

手を取ったままじっと見下ろしてくる姿に、天志はとうとう根負けする。

「正門じゃなく裏門から入ってくれるなら」

そう言ったら、京はごくごく素直《すなお》に分かったとうなずいたのだった。

❦❦❦

【狩野服飾学院】第一講堂は今、高揚《こうよう》とざわめきに満たされていた。

四月六日。朝からよく晴れていて、まさに入学式日和《びより》といっていい。

本日入学する新入生はほとんどがスーツを着ているが、中にはコスプレかと思うような、派手な装いをしている者もちらほらいる。恐《おそ》らく本人の手作りなのだろう、さすが『服飾』学院の入学式だと天志は感心していた。

──これからは自分でセンスを磨《みが》かなきゃ。アルバイトもしないと。仮にも服飾学院の学生となったのだから、いつまでも母親が送ってくるものばかりを着てはいられない。

天志はさらに、今朝の京を思い出す。

幸い、と言っていいのか分からないけれど、世界で活躍《かつやく》する男と同じ家で暮らすことになったのだ。いろいろ学べることもあるだろう。

彼には遠く及《およ》ばないけれど、将来ファッション業界で生きていけるようにがんばろうと、あらためて決意する。

朝、メタルブラックのボディのオートバイに跨《また》がる姿は、まるで雑誌から抜《ぬ》け出たかのような完璧さだった。同じ男として、少しくらい嫉妬《しっと》してもいいように思えるのだが、完璧すぎてそんな気にもなれない。

バイクの後ろに乗るのは初めてではないが、京はびっくりするくらい丁寧《ていねい》に運転した。

三分程度で到着《とうちゃく》した学院には、時間が早かったからかほとんどひとはいなかった。

そのことにホッとしつつ、京は約束どおりさらにひとの少ない裏門へと回ってくれた。

「おまえ、バイクに乗るの慣れてる?」

「うん。父さんがよく乗ってたから、しょっちゅう後ろに乗せてもらってた。あ、俺昨日島から出てきたばっかりなんだけど」

「東京から高速船で四時間、夜行客船だと十三時間かかる島だろう」

どうして知っているのかと首を傾げたが、すぐに柊至が話したのだろうと推測する。

「そう。海の透明度《とうめい》がすごくて、ダイビングもできるんだ。沖《おき》ではたまにクジラも見られるし、島から十キロくらい離れたところでは、イルカウォッチングもできるんだよ」

故郷のことになると、俄然《がぜん》口が滑《なめ》らかになる天志を、京はじっと見下ろした。そしてひとつ深いため息をつく。

そのため息の音を聞いた途端、喋《しゃべ》りすぎたかと口を噤《つぐ》んだ。

「おまえ」

「な、何？」

「やっぱり薄情者《はくじょう》だ」

「なんだよ、それ。昨日も言ってたけど、俺、薄情って言われる覚えはないよ！」

「だからそれが薄情なんだろう」

京はそう言うと、ふいと歩きだしてしまう。

追いかけて、その言葉の意味を質《ただ》したい。けれど彼の広い背中は天志がそうすることを拒《こば》んでいるように見えて、歩を進めることはできなかった。

——薄情者。

来賓《らいひん》の長い挨拶《あいさつ》が続くなか、天志はその意味を考えた。けれどやっぱりさっぱり思い当たらないから、首を傾《かし》げることしかできない。

『ひとの話はちゃんと聞こうね、新入生諸君！』

と、いきなりマイク越《ご》しに通った声が聞こえてきて、天志はびくりと肩《かた》を波打たせた。

慌《あわ》てて壇上《だんじょう》にいる人物に目を向けると、これまで続いていた年配の来賓たちに比べ、その半分の年齢《ねんれい》にも達していないであろう青年がにこにこ笑っていた。

距離《きょり》にして十五メートルはあったが、その青年と目と目が合う。

「……あ」

目が合った途端、相手はバチーンと音を立てるように派手なウィンクを放《ほう》って寄越した。

――さ、悟《さとる》さ……。

おかげで天志周辺の生徒たちは一様に、何事かと挙動不審《ふしん》に陥《おちい》ったが、当の本人には知ったことではないらしい。

壇上の人物……狩野悟理事長は、新入生たちの視線を一身に浴びると、満足げに微笑《ほほえ》んだ。

『ではあらためて、新入生諸君、入学おめでとう。この学院の理事長の狩野悟だ。この場にいるのだから、当然君たちは皆《みな》ファッションの世界に携《たずさ》わっていこうと考え、そのために勉学に励《はげ》み、努力を惜《お》しまず、才能を磨こうと、希望と向上心に満ち溢《あふ》れているのだろう』

小柄《こがら》ながら狩野理事長の声はとてもよく通り、しかも力強い。

『だが悲しいかな、誰もが望んだ職に就《つ》けるわけではない。ひとには望んだことに対して必ずしもそれに見合った才能があるわけではなく、またあったとしても才能以外の部分で望みを達成できない場合もある。さらには向き不向きというものもある』

厳しく耳に痛い言葉をはっきりと告げられた新入生たちは、シンとなった。

狩野理事長はそこで、新入生たちひとりひとりと目を合わせるかのように、ゆっくりと首《こうべ》を回《めぐ》らせた。

『この学院にいる間は、どの道に進むべきか存分に迷っていい。たくさん考え、将来どんな自分で在《あ》りたいかシミュレーションをし、理想の己《おのれ》に近づけるよう力を尽《つ》くしなさい』

にっこり笑うと、途端にぐっと子供っぽくなる狩野理事長は、続いてちょっとびっくりするようなことを口にした。

『それからひとつのことに夢中になるのはとてもいいことだが、もしほかに興味がでてきた場合、転科も受け付けているから、入学したはいいが別の科もいいんじゃないかと思った時には遠慮《えんりょ》なく言いなさい。こっちからもアドバイスするし、逆に勧《すす》めることもあるからね』

入学したばかりの生徒たちに、転科もＯＫだなんて今言うか？　と思わないでもないが、選《せん》択肢《たくし》はたくさんあるというのは、生徒にとって悪くはないことだろう。

ありすぎて逆に迷うひとも多いだろうが、天志自身はいろんなことを体験できるなんて贅沢《ぜいたく》だと思う。

『というわけで、長ったらしいのは好きじゃないからこの辺でおしまいにしよう。新入生諸君、次はお待ち兼《か》ねのファッションショーだ。当校出身の先輩《せんぱい》たちの腕《うで》を、とくとご覧あれ』

そうとだけ言うと、狩野理事長はとっとと壇上から降りてしまった。

「……個性的な理事長」

ぽつりと隣《となり》から、そんな言葉が聞こえてくる。

確かにそうだったから、天志も思わずうなずいた。

狩野家の三男である狩野悟とは何度か会ったことがあるが、弟の柊至より奔放《ほんぽう》な言動をする、少々変わった人物というのが、天志の印象だった。

――相変わらず自由な感じのひとだなあ。

今の挨拶が彼の気性《きしょう》を物語っていると、天志は苦笑《くしょう》した。

狩野理事長の言葉を受けて、新入生たちは移動を開始する。

やがてドーム型ステージまでやってくると、決められた席に順に腰《こし》を下ろした。

新入生を歓迎《かんげい》するためのショーだからだろう、通常のファッションショーならばプレス席と言われるような、とても観《み》やすい席だ。

上級生たちは新入生たちの外側の席に着席し、またテンポのいいハウスミュージックがすでにかかっている。

ドーム型ステージは、これから始まるショーへの期待感で高揚に包まれていた。

ランウェイを見ていると昨日のことを、そして京を思い出す。

今や憧《あこが》れの君ではなくなってしまった京。

けれどそう思いながらも、彼がランウェイを歩く姿がもうすぐ観られるのだと思うと、心が浮《う》き立ってくるから、天志はいよいよ複雑な気持ちになる。

奇妙《きみょう》な男だと、身をもって知ったはずなのに、それでも彼の姿を追ってしまうであろう、自分自身が悔《くや》しい。

椅子《いす》の上にあったパンフレットを、手持ち無沙汰《ぶさた》に捲《めく》っていると、音楽のボリュームが一気に大きくなり、天志の心音はドキリと高く鳴った。

慌ててランウェイに目をやると、すでにドレスを纏《まと》ったひとりめのモデルがこちらに向けて歩いてきた。

モデルは完璧《かんぺき》なウォーキングでランウェイの中央までやってくると、くるりとターンした。次々とランウェイを歩くモデル、そして彼女たちが身につける夢のような衣服に、新入生たちはうっとりと見入った。

もちろん天志も同様だ。

夢中になって観ていると、あっという間に時間が過ぎていった。

そしてラスト間近。

モデルがランウェイに登場した瞬間《しゅんかん》、その場がざわめきに席巻《せっけん》された。

「まさか、キョウ……っ⁉」

懐疑《かいぎ》的な声は、彼がランウェイを進むうちに熱烈《ねつれつ》な歓声《かんせい》に取って代わられた。

「キョウ――ッ！」

ファッションショーではなく、まるでコンサート会場のようだ。

このショーに彼が出演することは分かっていたのに、姿を見た瞬間に天志は言葉を失った。

着用しているのは、当然先日のリハーサルの時と同じもので、女性モデルのそれは、自分が着せられたものだ。

当たり前のことながら、女性モデルは天志と比べるべくもなく美しく着こなし、ウォーキングをし、京とのバランスも完璧だ。

途中《とちゅう》、手と手を絡《から》ませたり顔を寄せ合ったりというのは、ハイモードのファッションショーでは観たことがない。それは学院内でのショーだからだろう。

——ショーの演出って言ってたのは俺をからかったんだと思ってた……。

天志は恋人《こいびと》さながらに仲睦《なかむつ》まじげに歩くふたりを見上げながら、ぼんやりとそんなことを思った。

隣を歩く美人モデルではなく、天志の視線は京の方にくぎづけにされる。

彼が動けば視線も動く。それは初めてショーを観た時とまるで同じで、天志はぼうっと見惚《みと》れながら、一方でそんな自分を苦々しく思った。

と、京が客席にいる天志に気づくと、うっすら目を細め、微笑んだ。それは、天志にはとても意地悪げな笑《え》みに見えたのに、女子生徒たちはそうは思わなかったようだ。またしても盛大な悲鳴があがった。

ランウェイを歩く京と、客席にいる天志では、あまりにも距離がありすぎる。

ターンをし、背中を向けるふたりを見送りながら、天志の口からは少し苦いため息が零《こぼ》れ落ちた。

ショーは大盛況《だいせいきょう》のうちに終了《しゅうりょう》した。

この学院を卒業した諸先輩方の活躍《かつやく》を目《ま》の当たりにした新入生たちは、未来の自分の姿をそれに重ね合わせ、向上心を燃やしている。

それこそがこの歓迎ショーの狙《ねら》いなのだろう。

新入生たちはそれぞれの教室へと向かい、まずは担当教師から今後のカリキュラムについての説明を受けることになっていた。

【狩野服飾学院】の学科は服飾《ふくしょく》専門課程、技術課程、流通ビジネス課程、専門工芸課程の四つに分かれていて、一年目はそれぞれの課で基本的なことを学び、二年目に細分化されてゆく。

天志が通うのは、技術課程のアパレル総合科だ。

ファッションショーを見て感動したというのがとっかかりだったから、どの科に進むのかをまず迷った。

調べていくうちに、ファッションに関係する仕事の数の多さに驚《おどろ》き、天志は途方《とほう》に暮れた。

だが逆に、何も知らない真っ白な状態なのだから、まずは知識を蓄《たくわ》えようと思ったうえでの、『アパレル総合科』だった。

この科では、ファッション業界における多角的な知識を蓄えることができる。

たとえば流通やショーのプロデュース、あるいはブランドの立ち上げなどを考えている生徒たちのための科で、天志にはぴったりだと思ったのだ。

同じクラスとなるであろう生徒たちに続いて進んでいくと、

「遠藤天志くーん、いますかー？」

何処《どこ》からか自分の名を呼ぶ人物がいる。首を傾《かし》げながらはいと手を挙げた。

「遠藤天志くん？」

四十代半ばと思《おぼ》しき教師にうなずくと、相手はすぐに見つかってよかったと笑った。

「理事長がお呼びだから、理事長室に行って」

——理事長、って、悟さんのことだよな。

どうしてと不審《ふしん》に思いつつ、教えてもらった理事長室へと向かう。

【狩野服飾学院】内は広く、建物が幾棟もある。理事長室があるのは、声をかけられたところから歩いて五分ほどの場所にあった。

四階建てのその棟は、一、二階が図書館、三階が資料室となっていた。

『兄には釘《くぎ》を刺《さ》しておいたから』

ふいに柊至の声を思い出して、理事長室の扉《とびら》の前でしばし逡巡《しゅんじゅん》する。だがこのまま突《つ》っ立っていても埒《らち》があかないと、意を決して扉を叩《たた》いた。

「どうぞー」

のんびりとした声に導かれ、扉を開けた。

広々とした部屋の中央に、ドンと大きな机が据《す》えられている。

机に対し、理事長の悟は小柄《こがら》で、まるで埋《う》まっているように見えた。

悟は天志と目が合うなり、にこりと笑った。

「テンシ、おいでー」

呑気《のんき》に手招きをされ、天志は苦笑《くしょう》しつつ近づいた。

「テンシじゃなくてタカシです」

出会った時から悟は、天志をテンシと呼ぶ。

そう読まれることがある名だが、あまりにもこそばゆくてできたらそう呼んでほしくない。

……のだが、何度言っても、悟は訂正《ていせい》してくれなかった。

「まずは入学おめでとう」

悟は机の前に立つ天志を見上げるとそう言った。

「……ありがとうございます」

もしかしておめでとうと言うためだけに呼んだのだろうか。

できることなら早く技術課棟に行きたいなとそわそわしていると、そのことに気づいただろうに、悟はのんびりした態度を崩《くず》さない。

「あ、それミサヲさんの服だね。君にぴったりだ。よく似合ってる。……ていうか、息子《むすこ》の君に似合わない服は作らないのかな」

にこにこ笑う悟に、天志の方はちょっと照れたように笑う。

「そういう不純な動機でデザイナーが服を作るのはどうかって思いますけど」

「いいじゃない。ミサヲさんは『ASH - RED』の専属デザイナーの前に、テンシのお母さんなんだから」

悟はあっさりとそう言い、ところで、と話を変えた。

「学生証、持ってる？」

「あ、もちろん」

うなずいて、内ポケットに入れておいた学生証を取り出した。

見せてと言われ、素直《すなお》に差し出すと、マジマジと見つめる。

「アパレル総合科。――テンシ、ここでどういう勉強をして、何をするつもり？」

「ファッション業界のことをまずはちゃんと勉強しないとって思ったからなんです、……けど」

悟が何を言おうとしているのかさっぱり見当がつかず、だが嫌《いや》な予感だけはビリリと背筋を這《は》い上がってくる。

その予感は大当たりだった。

悟はいきなり机の抽斗《ひきだし》を開けると、そこにポンと学生証を投げ入れたのだ。

「理事長、何を……」

「代わりにこっちをあげよう」

差し出されたのは、別の学生証だった。

「え、ちょ……っ、返してください、学生証！」

「だからこっちをあげるって」

渡《わた》された学生証を見るなり、天志は瞠目《どうもく》した。

「——『ファッションモデル科』。……ってなんなんです。なんで俺がモデル科⁉」

「ねえテンシ。これ」

悟は天志の声を軽く無視すると、今度は別の抽斗から何かを取り出した。

「え、あ……」

悟が出したのは、一冊の写真集だった。

タイトルは、【Natural Automata】。

悟は机上に写真集を載せると、パラパラとめくる。

「天才フォトグラファー遠藤俊也、突然《とつぜん》の休業宣言。その直前に発売された写真集【Natural Automata】は、再婚《さいこん》相手と彼女の連れ子を撮《と》ったもので、彼の才能がいかんなく発揮された最高傑作《けっさく》となった。——これ、テンシでしょ？」

示されたところには、海と緑原をバックに、幼い天志の笑顔が、ページいっぱいにあった。

そこだけではない。百ページに及《およ》ぶその写真集のほぼすべてに、天志が写っている。

「これを見ちゃったら、君にモデル科を勧《すす》めるのも無理ないと思わない？」

「や……、でもそれ、俺の方はほとんど遊び感覚でやったような感じだし、父さんからモデルになれって言われたわけでもないし……！」

【Natural Automata】は、一部スタジオ撮影《さつえい》だったが、ほとんどが島の野外で行われた。

俊也は天志に、ああしろこうしろなどとはまったく言わなかった。だから天志としては、遊んでいるところをただ写されたという感覚でしかなかったのだ。

この写真からモデルをと言われても、天志は当惑《とうわく》することしかできない。

――『モデル』っていうのはもっと……そう、キョウのようなひとのことを言うのだ。

「それにこれ、小学生の頃《ころ》のことですし」

「いやいや、そんな謙遜《けんそん》しなくても。――ほら！」

続いて机の上にばらまかれたのは何十枚という写真だった。

「うわ、なんでこれを……!?」

「それはもちろん俊也さんにいただいたんだよ。僕は筋金入りの俊也さんファンだから」

その写真は俊也が撮り溜《た》めていたもので、つい最近の天志も写っている。いずれも遠く離《はな》れて暮らす母に、リアルタイムで子の成長を見せようという父の思いからともうひとつ。

「確かに写真家としての腕《うで》が鈍《にぶ》らないようにって、父さんに毎日撮られてましたけど……っ」

だがこの写真は、いわゆる天志が考える『モデル』の仕事とは明らかに違《ちが》う。

「だったら一度、モデルとしての勉強をしてみてもいいんじゃない？」

やってもいないうちから無理だとは決して言わない、というのが天志の信条だ。けれど、

「俺、モデルになりたいなんて考えたこと、一度もありません！」

「なんで？　あ、もしかして身長がネックだと思ってるのかな。確かに活動の場は狭《せば》まるけど、テンシまだ十八だろう？　これから伸《の》びるかもしれないじゃない」

「それは……、でも」

「何よりテンシは将来、ファッション業界で働きたいという気持ちではいるけど、明確にやりたいことが決まってるわけじゃないようだし。だったら試《ため》せるうちに、いろいろ試してみればいい。さっき言ったように、我が校では転科も認めているんだからね」

悟はにっこり笑う。

「モデルなんてやりたくたってやれないひとの方が多いんだよ。いいチャンスじゃない」

「……何を企《たくら》んでるんです？」

無邪気《むじゃき》な笑顔《えがお》に見えるのに、その裏で何かを画策しているように感じてしまった天志は、思わずそう呟《つぶや》いていた。

「企んでるって、何を？　僕は我が校の生徒には様々な機会を与《あた》えたいと思っている。そして生徒ひとりひとりの力や才能に見合った道に導けるようにと思ってもいる。それだけだよ」

――胡散臭《うさんくさ》い。ものすごく胡散臭い……。

性善説を信じる天志をして、悟の言い分及び笑顔は信用ならなかった。

だがこの局面をどうやったら乗り切れるのか、皆目見当《かいもくけんとう》がつかない。

とにかく学生証は返してもらわなければと焦《あせ》るのだが、それはものすごく難しそうだった。

「じゃあ提案。今年一年モデル科に入って、それでやっぱり嫌だっていうならアパレル総合科に戻《もど》るっていうのはどう？」

「そ……でも」

「この業界でがんばりたいっていうなら、いろいろ経験をしておくに越《こ》したことはない。テンシはデザイナーの母親とフォトグラファーの義父《ちち》の名を前面に出すつもりはないんだろう？」

その言葉には、ぐっと詰《つ》まらずにはいられなかった。すかさず相手はたたみかけてくる。

「親の七光りなんて言われないためには、実力をつけなきゃ。そのための経験だよ」

乗せられた、と思った。けれどここで乗らないわけにはいかなかった。

天志にとって、両親は大事だし大好きな存在だ。けれど自分の将来は自分のものだし、ふたりの力を借りたいとは思わなかった。

「一年後、やりたいことが見つかったらそっちに転科することを認めてくださるんですね」

「約束しよう」

これまでで一番晴れやかな笑顔を見せた悟を前に、早まったかと早速《さっそく》不安になった。

「ところでテンシ。うちのモデル科ってどんなところか知ってる？」

「……知りません」

モデル科なんて脳裏《のうり》にちらりとも過《よぎ》らなかったから、まったく調べていなかった。

そんな天志へ、悟は滔々《とうとう》と語りはじめた。

【狩野服飾学院】のファッションモデル科は厳選された者しか入学できず、倍率はなんと三十倍強。だがその難関を潜《くぐ》り抜《ぬ》けてきた彼らは、卒業後望めば漏《も》れなく狩野一族が経営しているモデル事務所に入ることができる。

つまり【狩野服飾学院】のファッションモデル科に入れれば、ほぼ将来を約束されたことになるのだ。

「それで、モデル科の中でも将来有望な子たちは、積極的に仕事をしてもらっているんだ」

「……仕事、ですか」

「そう。雑誌とかブライダルショーとかね。それと、プロモデルの付き人なんかもお願いすることもある。まあ普通《ふつう》モデルっていうのはマネージャーなんかはつかないで、ひとりで行動するものだけど、モデルの方は身の回りの世話を付き人がやってくれるから仕事に集中できる。付き人の方は業界のことを知ることができる。一石二鳥だろう？」

付き人と聞いた時、背筋にスウと悪寒《おかん》が走ったのは、第六感が働いたのだろうか。

「テンシ、付き人やってよ」

誰《だれ》の、とこの場で訊《き》かねばならないのだろうか。

嫌な予感はますます天志の胸を圧迫《あっぱく》し、一秒ごとに鼓動《こどう》が高くなってゆく。

と、まるでタイミングを計ったかのように、扉《とびら》をノックする音が響《ひび》いた。

「どうぞー」

入室してきたのは――。

「ようこそ、いいタイミングだ」

相手を招き入れた悟は、にっこり笑った。

予感はやっぱり当たった。

天志の目の前にいたのは、葛城京、そのひとだったのだ。

〈四〉

メンズモデル、キョウのある日のスケジュールといえば。

午前四時半、日の出を待って海辺で撮影。

午前九時、場所を移してスタジオでの撮影。

昼。彼が所属しているモデル事務所『K's-CLUB』へ赴《おもむ》き、昼食を摂《と》りながら今月のスケジュール確認《かくにん》。その後事務所の応接室で、ファッション誌としては世界で一番の部数を誇《ほこ》る超《ちょう》有名雑誌のインタビューを受ける。ちなみに来月発売予定のこの雑誌で、『キョウ』の特集が組まれるのだという。表紙及び巻頭二十ページだそうで、その分インタビューも長くまた撮影も行われたため、なんと四時間もかかった。

その後同事務所で軽食を摂って青山にあるスタジオへ移動し、午後六時からCM撮影。

CM撮影は、ものによってはかかる時間がマチマチなのだそうだ。今回のCMはなんと二十着も衣装《いしょう》を替《か》えての撮影のうえ、カット数がとても多かった。

ワンシーン撮っては照明を替え、またワンシーン撮っては衣装を替え、と延々繰《く》り返し、ようやく最後のカットを撮り終えた時には、日付も変わろうかという時刻になっていた。

ここで本日の仕事は終了《しゅうりょう》。

帰宅をしたのは午前一時だった。

「ただいま帰りました」

時間も時間だから、ひっそりと帰宅を告げるが、誰の姿もない。ただふたりが帰って来た時のために、玄関《げんかん》ホールにはやわらかなオレンジ色の灯《あか》りが点《とも》されていた。

自分がカメラの前に立ったわけではないのにヘトヘトになった天志に比べ、京は家に到着《とうちゃく》してからも背筋を伸ばし、見苦しい姿は一秒たりとも見せない。それに人前では決してぶっきらぼうな顔はせず、始終穏《おだ》やかな笑顔でい続けた。

外面《そとづら》がいいと言ってしまえばそれまでだが、あれほどの仕事をこなしながら、内心はどうであれ不機嫌《ふきげん》な顔をしないということは、素直《すなお》にすごい、さすがプロだなと感心する。

「疲《つか》れたか？」

家に戻ったことで気が抜けた天志は、知らず大きなため息をついていたようだ。

眼差《まなざ》しがほんの少し気遣《きづか》わしげであるように見えて、ちょっとドキリとする。

「あ、俺はついて行っただけだし……っ。お仕事お疲れさまでした！」

慣れない場所にあちこち行かなければならないのは、かなりのストレスを感じる。けれどただの付き人の自分の方が疲れてどうする、という思いもあった。

京のスケジュールは、時期によって波があるようだ。コレクションがない時期には主に雑誌やCMの撮影《さつえい》が行われ、ちょうど今はそちらが忙《いそが》しいのだという。

「明日は俺、学校なんで」

「ああ、分かってる」

ファッションモデル科は、他《ほか》のクラスに比べて授業時間が少ない。

天志が通うはずだったアパレル総合科は、月曜日から金曜日まで、時間も朝九時半から夕方四時まで、みっちり四限授業が行われる。

けれどモデル科は週に月水金の三日のみで、しかも授業時間は二限だけなのだ。

その分プロカメラマンに写真を撮《と》ってもらったりショーの見学をしたりといった課外授業がよくあるのだが、天志は空いている日――火木土の三日間、京の付き人としてついていた。

「おやすみなさ――」

「風呂《ふろ》で背中を流すか髪《かみ》を洗うか、あるいは一緒《いっしょ》のベッドで寝《ね》るか」

「……何言ってんの？」

「どれか選べ」

なんで選ばなければならないのか、冗談《じょうだん》じゃないと高速で首を横に振《ふ》ると、京は一瞬《いっしゅん》ムッとし、だがすぐに唇《くちびる》を開く。

「じゃあ俺が選ぼう。今夜はそっちで寝る」

「そしたら俺は別の部屋で……」

「あの部屋はおまえが使えと言ったはずだ。何度も言わせるな」

ひとりで寝た方が疲れも取れるだろうに、京はそのことに関しては決してうなずかない。

もしかして天志に嫌《いや》がらせがしたくて、部屋の移動を許さないのだろうかとすら勘繰《かんぐ》りそうになる。

だがそんな嫌がらせをしたって京にはなんの得にもならないだろうし、そもそもそんなに彼は閑《ひま》ではない。寝られる時間があればさっさと寝ているだろう。

だったらどうしてと疑問が湧《わ》いてくるのだが、天志には明確な答えが出せないでいる。

それに実はもうひとつ。

――あのベッドの寝心地《ねごこち》が良すぎるのもいけない……。

京のギャラ一カ月分というあのベッドの寝心地は抜群《ばつぐん》だった。どれだけ疲れていても、すっきり起床《きしょう》できるのだから、人間工学に基《もと》づいて作られたフルオーダーメイドの品に違《ちが》いない。適度に硬《かた》く全身を押し包むような安定感があって、それでいて当たり心地が極上《ごくじょう》なのだ。

頻繁《ひんぱん》に部屋を強襲《きょうしゅう》されるから、天志は一度別の部屋のベッドを使わせてもらったことがあった。けれどあの四階の部屋のベッドに一度寝たのがいけなかったのか、充分《じゅうぶん》にいいものだったのに、夜中何度も目が覚めてしまった。

あのベッドと同じものを作るとしたらいくらかかります、と訊いたことがある。返ってきた答えに愕然《がくぜん》とした。

自分が社会人となっても、そうそう購入《こうにゅう》できる金額ではなかったのだ。

「どれにする?」

「どれも嫌です」

「やっぱり部屋に行くか」

「話を聞けってば……!」

なんだってこんなに言葉が通じないんだと目を吊《つ》り上げると、京はふうとため息をついた。

「……何」

「ここで延々と押し問答《もんどう》をさせるつもりか。全部とは言っていないんだからおまえも折れろ」

「だからなんであんたのやりたいことを受け入れないといけないんだって」

おかしいだろう、と言ったら、京は平然とのたまった。

「俺がこんなに折れてるのに、おまえわがままだな」

「どっちがだ！」

「こんなのはわがままなんて言わない。わがままっていうのは」

京の手が後頭部に回り、天志の頭をぐいと引き寄せようとする。同時に自らも近づいてきて、一気に互《たが》いの距離《きょり》が縮まった。

「――で、……を、……しないんだから、わがままじゃないだろう？」

耳元で囁《ささや》かれた言葉が、あまりにも卑猥《ひわい》なものだったために、天志は呆然《ぼうぜん》とし……次いで顔を真っ赤にした。

言葉もなく目を剝《む》く天志を見る京の双眸《そうぼう》が、わずかに細められる。

光が差し込む角度によっては、灰がかった色に見える目に覗《のぞ》きこまれるなり、天志は猛獣《もうじゅう》にロックオンされた小動物の心情を味わわされた。

「そうしてもいいが、どうする？」

「――か、髪を洗わせていただきます……っ！」

堪《たま》らず降参した天志は、思わずそう言っていた。

入浴剤《にゅうよくざい》により白く濁《にご》った湯が満たされたバスタブの中でゆったり寛《くつろ》ぐ京の髪に、天志は丁寧《ていねい》に指を潜《もぐ》らせる。

しなやかな黒髪は濡《ぬ》れて一層艶《つや》を増し、指通りも滑《なめ》らかだ。

Tシャツに短パンという格好の天志に京は不服そうだったが、

『俺は髪を洗わせていただきますって言ったけど、一緒にお風呂に入って湯に浸《つ》かりますなんて言ってない』

そう押し切ったのだ。

天志は余計なところを見ないよう目を逸《そ》らしながら、京の髪を洗った。

京は天志の指の感触《かんしょく》を楽しんでいるようだ。微《かす》かに口元が綻《ほころ》んでいる。

仰向《あおむ》けで目を閉じている京に、天志は控《ひか》えめながらも視線を注いだ。

性格を知った今も、その容貌《ようぼう》は天志を惹《ひ》きつけるのだからつくづく狡《ずる》いなと思う。

「俊也さんは元気か？」

視線に気づいたのだろうか、京は不意に目を開けると天志を覗きこんだ。

「え、父を知ってる……て、もちろん知ってるか」

活動を休止して十年以上経《た》つのに、俊也のファンはいまだ多いという。ファッション業界でも活躍《かつやく》していたそうだから、モデルの京が知っていてもおかしくない。

「元気だよ。そろそろ仕事を再開しようかって言ってた」

そもそも俊也が仕事を休むと決めたのは、子育て……つまり天志のためだった。

俊也は実の父親ではない。母のミサヲと再婚《さいこん》したのは、天志が七歳の頃《ころ》のことだ。当時両親はファッション界で働いていて、しかもミサヲは世界的有名なブランドの専属デザイナーとして、名前が売れはじめていた頃でもあった。

再婚して一年ほど経った頃、ミサヲはパリでの活動を命じられた。

母は当然天志をパリに連れていくつもりでいた。けれど当時、ブランド内で血族間の内部紛《ふん》争《そう》が持ち上がった。そしてミサヲだけでなく、天志や俊也までも巻き込む厄介《やっかい》事が降り懸《か》かったことから、彼女は家族のためにパリ行きを断念しようとした。それを止めたのが俊也だ。

『天志は俺が責任を持って日本でちゃんと育てる。だからミサヲは自分の夢を実現させろ』

と。

そして俊也は何かと騒《さわ》がしい都会を離《はな》れ、田舎《いなか》の島に天志と共に住むこととなったのだ。

もちろんミサヲは、俊也がフォトグラファーの仕事を休止すると言った時、とんでもないと首を横に振ったという。

だが俊也は、今までの方向性を見直したい、そのための準備期間を設けたいからちょうどいいのだと言ったそうだ。

それが本音なのか、あるいは心底惚《ほ》れたミサヲに気分よく旅立ってもらうための嘘《うそ》なのかは分からない。

けれど天志は、俊也に育ててもらって本当によかったと思っている。

実の父ではないが、出会った当初から天志は俊也に大層懐《なつ》いた。

滅多《めった》に母に会えないのは寂《さび》しかったが、そう口にすると、俊也は決まってこう言った。

『俺もすごく寂しい。会いたいよなあ。ああもうすごく会いたい』

ミサヲは忙《いそが》しいんだから我慢《がまん》しろなどとは決して言わず、また天志を宥《なだ》めるわけでも慰《なぐさ》めるわけでもなく、自分も寂しいと、しみじみと告げたのだ。

寂しいのは自分だけではない、俊也も同じなのだと思うと、不思議と胸に迫《せま》る寂寞感《せきばくかん》が和《やわ》らいだものだ。

「活動を再開するのか、俊也さん。――俊也さんが撮影《さつえい》した写真、持ってきてるのか？」

「うん」

俊也は出会ったその日から、毎日天志を、そして周囲の友人たちを撮《と》り続けたから、その数は把握《はあく》できないほどだ。

天志はアルバムに日付を書いて、一枚一枚丁寧に貼《は》り、それを持ってきていた。

「今度見せろ」

フォトグラファーとしての俊也の写真を見たいのだろうと思った天志がうなずくと、京は満足そうに笑った。

その笑顔《えがお》にドキリと鼓動《こどう》が高鳴る。

まったくもって、モデルという人種はタチが悪い。こんな笑顔ひとつで、ひとの心臓の速度を自在に操《あやつ》るのだから。

これは一種の職業病ではないかと思うのだが、先刻風呂に入る時、京は天志の前でもなんの躊躇《ちゅうちょ》もなく裸体《らたい》を晒《さら》した。

綺麗《きれい》な筋肉がついた上腕《じょうわん》部、肩甲骨《けんこうこつ》から背中にかけての完璧《かんぺき》なラインに見惚《みと》れ……そして慌《あわ》てて天志が目を背《そむ》けている間に、実にあっさりと浴室に向かった。

「いくらショーのバックステージでは人前で素《す》っ裸《ぱだか》になるのも当たり前って言ってもさ……」

慎《つつし》みは持っていてほしいぞと呟《つぶや》くと、それを聞き咎《とが》めた京が、なおも笑った。

「凝視《ぎょうし》してたくせによく言う」

「ぎ、凝視なんてしてないし……！　大体あんたがぽいぽい目の前で脱《ぬ》ぐから！」

「脱ごうとした時点で慎み深い人間だったら視線を逸らすんじゃないか？」

「そうする前に脱いだんだろう、俺を覗き魔《ま》みたいに言うなっ」

すかさず京が何か言いかけたが、天志はシャワーヘッドを摑《つか》むと、細かな泡立《あわだ》ちのシャンプーを勢いよく流した。

泡を丁寧《ていねい》に流し終え、次にコンディショナーのボトルを取ろうと手を伸《の》ばしたところで、半ば浴槽《よくそう》に凭《もた》れていた京が、いきなり起き上がった。

「わ……っ」

白濁《はくだく》した湯の中から濡れた上半身が露《あら》わとなり、抗《あらが》う間もなく天志の眼差《まなざ》しは吸い寄せられるように向けられてしまう。

ハッと我に返った時にはすでに遅《おそ》く、京に両頬《りょうほお》を掌《てのひら》で包みこまれ、ぐいと持ち上げられる。

「覗き魔」
ニ、と笑われて、羞恥《しゅうち》に顔が真っ赤になる。
「だ……」

「ん？」

「だって……、こんなに綺麗なんだから目がいっちゃうのは仕方ないだろう！　ヒト科としては当然のこと、人間のサガだよっ！」

京は、初めて見るような顔をしてマジマジと天志を見つめ——そして大笑いした。

あまりにも笑うため、湯が大きく波打つのに、京は止《や》めようとしない。

「そ……、なんて釈明《しゃくめい》だ。おまえ、開き直ってんじゃないよ」

言いながら天志を勢いよく引き寄せてくる。

「ちょ……、う、わ……っ！」

京の力は強く、天志は浴槽の中に服を着たまま飛びこむ羽目に陥《おちい》った。

「何をするか——ッ！」

「髪を洗ってもらったお返しだ。今度は俺がおまえを洗ってやろう」

ものすごく楽しげな顔を向けてくるから、いやいや結構ですよとんでもないことですと首を振《ふ》るのに、がっちり掴む腕《うで》は少しも揺《ゆ》るがない。

「遠慮《えんりょ》するな。俺に洗われるなんて滅多に経験できないことだ」

「滅多にじゃなくて経験できなくてもいいってば……、ちょ、どこ触《さわ》って……」

裸の胸に押し付けられたうえに、京の手は後ろに回ってくる。そしてふわふわと湯の中で漂《ただよ》うTシャツの裾《すそ》を潜《くぐ》って、背中に触《ふ》れてきた。

「や……、やめ……」

「細いな、もう少し食べろ。でないと大きくなれないぞ」

「たくさん食べてる……って、そうじゃなくて手を離せってば」

「ああ、でも触り心地《ごこち》は抜群《ばつぐん》だ」

「ちょっと！」

——一緒《いっしょ》に寝《ね》るよりマシだと思ったのに！

考えが甘かったと言わざるを得ない。まさか服を着ているのに浴槽に引きずりこまれるなんて思ってもみなかった。

指先で背筋をするりと辿《たど》られて、そのあえかな刺激《しげき》が身を震《ふる》わせる。

「ホントに、……も、やめろってば。俺で遊ぶな……！」

京は遊んでいるだけかもしれないが、天志にとってはこれだけでも頭がクラクラしてくるほど、濃厚《のうこう》な接触《せっしょく》なのだ。

「遊んでなんかないって。せっかくだから服脱いで一緒に入っちまえよ。ほら」

「うわ、勝手に脱がすな！」

胸までTシャツを捲《まく》り上げられるから、慌てて下ろす。そんな攻防《こうぼう》をしばし続けていると、危機感より自分たちが幼い子供のように感じられて拍子抜《ひょうしぬ》けしてしまう。

——風呂《ふろ》ではしゃぐなんて子供じゃないか。

またひとつ京の意外な一面を見つけた天志は、大層複雑な心境に陥った。

「疲《つか》れてるんだから、早く風呂から上がって寝た方がいいだろ？　明日も仕事があるんだし。目の下に隈《くま》のあるモデルなんてカッコ悪いぞ！」

俺だって明日は朝から学校なんだからと言いつつ身を捩《よじ》ると、京はふと手を止めた。すかさず浴槽から出ようとしたのに、今度は背後からのしかかるように抱《だ》きしめてくる。

「おまえ、本当にモデルになるつもりなのか？」

「……え？」

聞こえてきた声は先刻と比べて、生真面目《きまじめ》なもののように聞こえたから、思わず京を振り返った。その表情は、声ほどには思案深くなかったが、さしたる理由もなしに問うてきたわけでもないようだった。

「悟さんに強引《ごういん》に誘《さそ》われたんだろ。ぐずぐずしてると、あのひとのやりたいようにされていずれどこかに売っぱらわれるぞ。本当にしたくないんだったら今のうちにちゃんと言っとけ」

「そ……、ゾッとするようなこと言わないでほしいんだけど」

「事実だ。まあおまえがモデルになるのも吝《やぶさ》かじゃないっていうなら止めはしないが、おまえには厳しいだろ」

「そりゃ俺はチビだし」

「身体的《しんたいてき》なことじゃなくて」

では何が厳しいというのだろうと首を傾《かし》げる。

確かにここ数日、京の付き人として様々な場所へ足を運んで、厳しい世界だということはもちろんひしひしと感じていた。

「身長とか顔とかじゃなくて、俺に足りないところがあるってこと？」

「足りないっていうか、持っているからこそ辛《つら》いってこと」

「……なんだよそれ」

京が言っていることがよく理解できない。

「それとも、何がなんでもモデルになりたいか？　言っておくが、悪いところでもないが、そういい場でもないぞ」

それはどこか自嘲《じちょう》を孕《はら》んだ表情だった。

世界でも活躍《かつやく》しているトップクラスのモデルなのに、どうしてそんな顔をするのだろう。

京は望んで今の世界にいるのではないのか？

「あんたは、何がなんでもモデルになりたかった？」

本当はモデルになんてなりたくなかったのか、とは訊《き》けなかった。

京が望んでモデルになったのではなかったとしたら、それは悲しいと、天志は自然に思う。

モデルになるために生まれてきたようなひとなのに、京自身は望んでなどいなかったとしたら……。問いかけておきながら、天志は答えを聞くのが少し恐《こわ》かった。

「俺、あんたを一年前のショーで観《み》た時、すごいと思ったよ。目が離《はな》せなかった。モデルはほかに何人もいたのに、あんた以上にすごいって思ったひとはひとりもいなかったんだ。あの時あんたを見たから俺は……」

――この業界に、強い興味を持ったのだ。

それまで天志はファッション業界をよく思っていなかった。

ミサヲのやりたいことだとちゃんと理解していても、幼い頃《ころ》経験した寂《さび》しさはずっと天志の心の奥に在り続けたのだ。

幼心の感傷だったのだと今では理解しているが、当時天志に業界へと目を向けさせたのは、紛《まぎ》れもない、今目の前にいる人物だ。

「俺を見たから、なんだ？」

途中《とちゅう》で言葉を途切れさせた天志を、京のグレーがかった神秘的な双眸《そうぼう》がじっと見据《みす》える。

我に返った天志はすぐさま後悔《こうかい》した。

「えっ……、だ、だからあんたはすごいモデルだなあって思ったってことだよ。おしまい！」

慌てて浴槽から出ようとするが、京の両腕ががっちり腰《こし》に回っていて身動きができない。

「は、離せって」

「おまえ、俺のこと好きだろ？」

断定口調で言われた内容に、天志は背筋を強張《こわば》らせた。恐《おそ》らく顔も真っ赤だろう。背後から覗《のぞ》かれそうになったから、急いで俯《うつむ》いた。

「す。す、き……って、あああ、うん……っ、モデルとして尊敬してますよ」

「モデルとしてだけか？」

「だって俺、あんたのこと全然知らないし！　中身も知らないのに好きだなんて言えない」

「中身ねえ。じゃあ今後、たっぷりと中身を知ってもらおうか？」

「……え？」

「中身を知れば好きになるんだろう？」

「ち、違《ちが》うっ、中身を知らなければ好きになるかどうか分からない、中身を知っても必ず好きになるとは決まってない！」

なんだかまずい方へと会話が進んでいっている気がして、天志は必死になって言い募《つの》る。

だが、

「俺はおまえのこと好きだけどな」

京はごくごくあっさりと、『好き』という言葉を発した。

「——、え……？」

「小猿《こざる》みたいに動作がいちいち落ち着かないところも、こっちが言ったことに対して、絶対無視や揶揄《やゆ》しないところも、馬鹿《ばか》正直なところも。好きだぞ。忘れっぽいところはどうにかしろと思うがな」

正直告白というには微妙《びみょう》すぎる発言だが、今の天志にとってはどうでもいいことだった。

ただ、好きという単語が耳に木霊《こだま》して、それ以外の言葉が聞こえてこない。

「顔寄越《よこ》せ」

背後から手が伸《の》びてきたかと思うと顎《あご》を捉《とら》えられ、後ろに向かされる。

近くで目を合わせると、京は微《かす》かに笑う。

「真っ赤」

「キ……」

キョウ、と言いかけた声は、彼自身の唇《くちびる》にのみこまれた。

この館《やかた》で再会した夜同様、奪《うば》われた唇はしっとりと濡《ぬ》れている。

――頭がクラクラする……。

それは湯あたりしてしまったからか、それとも与《あた》えられたキスによるものか。

抵抗《ていこう》しようにもどうしてか身体に力が入らない。弱々しく首を振《ふ》ると、意外にもすぐに京は唇を離した。

「中身を知る前に身体《からだ》を籠絡《ろうらく》してもいいか？」

官能の滲《にじ》む声で囁《ささや》かれた途端《とたん》、ハッと我に返った。

「ダ、ダメに決まってる……！」

天志は全力で手を突《つ》っ張らせて京から距離《きょり》を取ると、浴槽《よくそう》の中から飛び出した。

「髪《かみ》は洗ったから、俺もう出るよ、おやすみ！」

強引な腕《うで》から抜《ぬ》け出せたことを幸いに、天志はそのまま浴室をあとにした。

「濡れたままだと風邪《かぜ》ひくぞ」

――濡らしたのは誰《だれ》だ、コンチクショー！

扉越《とびらご》しにそう罵倒《ばとう》したいのはやまやまだが、それをぐっと抑《おさ》えこみ、天志はただ胸の内だけで呟《つぶや》くのに留《とど》めておく。

またキスされてしまった。

しかも。

「……好きって、なんなんだよ」

まだ会って数日しか経《た》っていないのに、好きだなんて信じられない。

憤《いきどお》りながら、心臓がドキドキしすぎて痛いくらいだった。

❦
❦
❦

【狩野服飾学院】ファッションモデル科が入った棟は、学院の正門から十分ほど歩かなければならないところにある。

総ガラス張りの三階建ての建物は、外からモデルの卵たちがレッスンをしている様子がはっきりと見える構造になっていた。

二階にあるウォーキングルームに入ると、すでに天志以外の生徒が全員来ているのに、挨拶《あいさつ》をしても誰ひとり返してこない。

内心がっくりと肩《かた》を落としたが、ほかの生徒同様、隅《すみ》で柔軟《じゅうなん》を始めた。

初めてこのクラスに足を踏《ふ》み入れた日のことを、天志はきっと一生忘れられないだろう。

入学式の翌日のことだ。

教室に入った途端、天志は冷え冷えとした視線に出迎《でむか》えられた。

女子の身長は、低くて百七十センチ、男子にいたっては、百八十センチ以下なんてひとりもいない。

女性の身長にさえ届かない、小さな天志の存在は、彼ら彼女らにとって『モデル外』の人間なのだろう。実際、頭身のあまりの違いに、本当に同じ人類なのだろうかとへこみそうになる。

何コレ、と言わんばかりの視線を頭上から注がれて、天志は身が縮まる思いがした。

「ちょうど自己紹介《しょうかい》をしていたところです。こっちに来て」

女性教師もまた天志より背が高く、以前プロモデルとして活躍していたのだろう、端整《たんせい》な面《おも》立《だ》ちをしている。

「……遠藤天志です」

よろしくお願いしますと頭を下げるが、ひとりも反応してくれない。

とその時、ひとりの男子生徒が、何かに気づいたように目を見開いた。

「一昨日《おととい》ショーのリハで、キョウを殴《なぐ》ったヤツじゃないか……！」

え、と驚《おどろ》いたのは天志だけではなかった。その場にいた全員の視線が一気に天志に注がれる。

「キョウって、モデルのキョウ？」

「キョウを殴ったってどういうことよ」

叫《さけ》んだ男子生徒に、ほかの生徒たちが詰《つ》め寄った。

「アヤカの代理でキョウと歩いて、その時キョウを殴ったんだよ」

こんなところにあの件を目撃《もくげき》した人物がいたとはと、天志は頭を抱《かか》えたくなった。

「あれは……」

「信じられない。あのキョウの顔を殴るなんて」

「本当だとしたらとんでもないことよ」

「嘘《うそ》じゃねえよ」

どんな理由があろうと、自分が京を叩《たた》いたことは事実だ。

反論しないことで、クラスメイトたちはそれが事実であると悟《さと》ったようだ。

生徒たちの刺々《とげとげ》しい視線に晒《さら》されたうえに、心なしか教師までも天志に苦い顔を向けてくるから、ますます身の置き所がない。

初日にそんなことがあって以来、天志はクラスの誰からも相手にされず、完全に浮《う》いた存在となっていた。

今日でモデル科の授業は四日目だが、天志はこのクラスでただのひとりとも口を利《き》いたことがない。話しかけても、無視されるのだ。

元来人懐《ひとなつ》こく、すぐに友達ができるタイプの天志にとって、この事態は辛《つら》かった。

ここでは自分が異端《いたん》で、輪の中に入りたくても弾《はじ》かれてしまう。

「皆《みな》さん、おはようございます」

九時半ちょうどに入室してきたのはふたりの教師だ。

「今日はショーにおけるウォーキングの勉強をします。女子は窓側、男子は廊下《ろうか》側に集まり、端《はし》に並んでください」

モデル科の人数は学院の中でも最少のため、基本的な授業は男女合同だが、ウォーキングに関しては別となるようだ。

ウォーキングの授業は今日が初めてだった。

三十歳前後の男性教師はちらりと天志に目をやるが、すぐに全員に視線を配った。

最初に男性教師が、手本のウォーキングをする。

滑《なめ》らかな歩調で教室の端から前面にある鏡まで歩き、ターンをして戻《もど》ってきた。

「今のウォーキングを手本に、まずは歩いてみて。そのあとで細かなところをチェックする」

男子生徒は天志を含《ふく》め四人。天志は最後に並んだ。

最初に歩く生徒は、天志の目から見て教師と遜色《そんしょく》ないウォーキングをしていて、いまさら勉強しなくてもいいのではないかと思うくらいだった。

二人目、三人目も同様で、とても生徒＝素人《しろうと》とは思えない。

次は天志の番だ。

先刻の教師のウォーキング、それから繰《く》り返し観《み》てきたショーの映像を脳裏《のうり》に浮かべながら、天志は一歩ずつ進む。

背筋を伸ばし、胸を張る。歩調は大きめに、地面につけている方の足は決して膝《ひざ》を曲げない。大仰《おおぎょう》ではない程度に手を振る。

けれど鏡に映る自身の姿は、それまでの生徒たちとは比べ物にならないほど貧相で、モデルとしてのウォーキングにはとても見えない。

ぷ、と後ろで噴《ふ》き出す声が聞こえて、天志の顔に、カーッと血の気が上ってきた。ターンをした時には軸足《じくあし》がぶれてよろけた天志を、とうとう生徒たちは声も抑えず笑った。

最後まで俯《うつむ》かないようにがんばったが、もと居た場所に戻るなり、天志は真っ赤になった顔を下に向けてしまった。

「遠藤、顔を上げてよく聞け」

「は、はい」

教師の細かい指導に、真剣《しんけん》に聞き入る。

「遠藤、モデルの仕事とは？」

「服を美しく見せることです」

「そう。どんなに颯爽《さっそう》とウォーキングしても、服が醜《みにく》く見えてしまえばそれは失敗だ。以上、今言ったことを頭において、もう一度」

背中を押されて、二度目のウォーキングを行う。

頭では分かっているが、美しく歩くことはそう一朝一夕《いっせき》には身につかない。一限目九十分間フルに歩いてくたくたになりながら、それでも目指す『服が美しく見える』ウォーキングにはほど遠かった。

「次の授業は撮影《さつえい》実習です。皆さん、フォトスタジオに場所を移動してください」

休み時間のうちに移動しなければならないから、即《そく》全員がウォーキングルームを出てゆく。

歩き続けで、切れる息が整うのを待って歩き出した天志だったが、目の前でバタンと扉《とびら》を閉められてしまった。

その直前に吐《は》き出すように呟《つぶや》いた男子生徒のひとりの言葉が、天志の胸に刺《さ》さった。

「実力もないくせに指導を独《じ》り占めかよ。すっげーウザイ」

「……っ」

確かに先刻の授業では、教師に頻繁《ひんぱん》に声をかけられ、ウォーキング指導を受けた。

実力がないからこそ教師は天志の指導に熱が入ったのだろうと思う。

「……うー」

膝に両手を置き、しばしの間俯く。嫌《いや》な具合に鼓動《こどう》が捩《ねじ》れるが、一度大きく息をつくと、勢いよく顔を上げた。

扉を開け、先に出た生徒たちを追いかける。

ここで俯いていたって変わらない。

何もできない、何も知らないなら、できるように、覚えるようにすればいい。

精いっぱいの力でやって、それでも無理だったらその時に落ち込めばいいではないか。

「まだ何もしてないし、ていうか始まったばかりだし……！」

自らを鼓舞《こぶ》するように、天志は声に出してきっぱりとそう言い切った。

ところががんばろうと気持ちを切り替《か》えた矢先、先に行ってしまったモデル科の生徒たちに追いつけなかった天志は、広い敷地《しきち》内で迷子になってしまった。

「あ〜、えーと、……フォトスタジオってどこだったっけ？」

うろうろするものの、場所が特定できず、天志は第一棟《とう》の前方にある構内案内図に走った。

フォトスタジオはドーム型ステージの近くにあることを見て取るなり、天志はダッシュした。

次の二限目が始まるギリギリに到着《とうちゃく》した天志だったが、すでにほかの生徒たちは衣装《いしょう》に袖《そで》を通していた。

フォトスタジオには衣装を身に着けるための控《ひか》え室とメイク室が併設《へいせつ》され、白い壁《かべ》に区切られた部屋がいくつかある。広さも充分《じゅうぶん》にあるし、通常の雑誌撮影などにもよく利用されているのだという。

男性教師に着替《きが》えるようにと言われた途端《とたん》、天志はアッと声をあげた。

「どうしたんだ。撮影をしているブースがあるんだから静かにしなさい」

「すみません……、あの、衣装、ロッカーに置いてきてしまいました」

みるみるうちに教師の眉間《みけん》に皺《しわ》が寄る。

「あの、取りに行ってきます……！」

「時間がない。いいから君はその格好のままで」

「……はい」

一限目のウォーキングレッスンに合わせて、天志はTシャツにソフトデニムというラフな格好をしていた。

だがきちんと衣装を用意してきたクラスメイトたちはといえば、事前に教師から言われていたことを忠実に守り、いずれもスーツやフォーマルドレスを纏《まと》っていた。

この撮影実習で撮《と》られた写真は、もし出来のいいものがあったら、今後仕事用のコンポジットに使うこともできるから、皆《みな》自分に一番似合うものを用意してきているようだ。

「女性用だったらサイズも合うんじゃないか？」

くすくすと笑いながら、クラスメイトのひとりがそんなことを言い出した。

「ああ、そういえば先日のリハじゃあアヤカの服を着たんだろう？　女子何着か持ってきてたじゃん。貸してやれば？」

「やーよ、そんなみっともない格好をしたヤツなんて視界に入れたくないし」

聞こえよがしにそんな声が飛び込んできたが、天志はきゅっと唇《くちびる》を引き締《し》め、沈黙《ちんもく》を貫《つらぬ》いた。

「それよりA‐1スタジオ、使ってるけどどこの雑誌の撮影かな？」

「モデルを見たけど、ユウキやサイジョウがいたから、『メンズRIVI』じゃないか？」

「ええっ、観に行きたい！」

日本でも売り上げトップスリーに入る、有名メンズ雑誌の名を聞かされたクラスメイトたちは、俄《にわ》かに落ち着きをなくし、きゃあきゃあと騒《さわ》がしい。

だが撮影の準備確認《かくにん》のため席を外していた女性教師が戻ってくるなり、ピタリと口を噤《つぐ》んだ。

「では皆さん、A‐3スタジオに来てください」

教師の指示に従い、生徒たちは控え室を出かけたのだが、

「遠藤くん、その格好はなんです？」

厳しい声が天志を呼び止めた。

小さく首を竦《すく》めながら先刻言ったことを再度口にしたところ、今すぐ取りに戻りなさいと強い口調で言われた。

「そんな格好でカメラの前に立つつもりですか。撮影は女子が先に行います。それまでに戻ってきなさい」

口には出さなかったが、女性教師の顔には、みっともないという思いが滲《にじ》んでいた。

促《うなが》された天志は持参していた撮影用の衣服を取りに、ロッカーへと走った。

歩けば片道五分以上かかるところを往復五分で戻り、控え室に飛び込んで着替えを行う。

天志が手持ちのスーツといえば、『ASH‐RED』しかない。

今日持参したのは、デニムのような風合いでありながらやわらかな着心地《きごこち》のスーツで、インナーはYシャツではなく丸首のTシャツを選んだ。かっちりしていないが、天志の持つ雰囲気《ふんいき》にはぴったりだ。

最後に、全力で走ったために乱れた髪《かみ》を手櫛《てぐし》で整え、急いで部屋を出ようとした。だがドア

ノブを捻《ひね》ろうとした時、一瞬《いっしゅん》早く外側から扉が開いた。

「あ？」

中に入ってきたのは、同じモデル科の男子生徒だった。

——確か名前は、……坂口《さかぐち》、だったっけ？

天志がキョウをひっぱたいたあの現場にいて、それをクラスメイトに話して聞かせた人物だ。

二重瞼《ふたえまぶた》の、一見すると甘い顔立ちだが、天志が見る時にはいつでも唇が歪《ゆが》んでいる。

そのクラスメイト——坂口は、十五センチ上から、天志をジロジロ見下ろした。

「生意気だなあ。その程度の素材で、『ASH-RED』かよ」

ふん、と鼻で笑われた。

天志は無視して先に廊下《ろうか》に出ようとした。だが、

「無視すんなよ。——なあ、おまえキョウの付き人してるってホントかよ」

坂口は入り口付近に置かれていた荷物の中からペットボトルを取り出すと、ひと口呷《あお》った。

「……なんでそんなこと知りたいんだ」

問い返すと、坂口は小さく舌打ちをし、天志を睨《にら》み下ろしてくる。

「おまえさあ、ホンット何も知らねえんだな」

「俺が何を知らないのか分からないけど、それって知っておかなきゃいけないことなわけ？」

その言い方が不満だったのか、坂口は不快げに眉根《まゆね》を寄せた。

【狩野服飾学院】のモデル科っていうのは特別なんだよ。入学した時点でプロモデルとして

の道はほぼ約束されている。そしてその中でも優秀《ゆうしゅう》な生徒は、『K's－CLUB』のモデルの付き人をさせてもらい、この業界のことを実地で勉強するんだ。歴代の先輩《せんぱい》たちはみんなそうだった。なのにおまえがあのキョウの付き人っておかしいだろ？」

「おかしいかもしれないな」

京の付き人になった理由など、この場では言えない。それ以上に、モデル科に入学することになった経緯《けいい》も。

理事長のなんだか分からない思惑《おもわく》ゆえに、などとは、普通《ふつう》の生徒に言えるわけもなかった。

「だろ？　だったら俺にそれを譲《ゆず》れよ」

「……え？」

「おまえなんかより、俺の方がよっぽどキョウの付き人に相応《ふさわ》しい。だから」

「断る」

坂口の言葉を遮《さえぎ》り、天志ははっきりとそう言い切った。

強い語調ではない。むしろ静かな声音《こわね》だったからか、坂口は最初、何を言われたか分からなかったようだ。

怪訝《けげん》な顔をし、だが『断られた』のだと分かった瞬間、怒《いか》りを露《あら》わにした。

「俺はこんなだから、あんたたちみたいに、モデルとしての道を約束されているわけじゃない。でも、なんの縁《えん》かわかんないけど、モデル科に入ったんだ。自分ができる精いっぱいのことをするし、キョウの付き人は、キョウがもういらないって言うまでやめるつもりはない」

天志の言葉を聞いているうちに、坂口は憤《いきどお》りのためか、ますます顔が紅潮していく。

「話はそれで終わり？　だったらもう行こう」

天志はそう言って、先に部屋を出ようとした。

「待てよ！」

ぐい、と肩《かた》を掴《つか》まれた次の瞬間、天志は条件反射でその手を捻り上げてしまった。

「痛《いて》ぇ……！」

あ、しまったと思い、すぐに解放したが、小さな天志にしてやられたのがよほど悔《くや》しかったのか、坂口はペットボトルを持った手で殴《なぐ》りかかってきた。

彼の攻撃《こうげき》は軽々と避《よ》けた。だが蓋《ふた》のされていなかったミネラルウォーターの中身が真っ直《す》ぐに天志に向かってきて、思い切り顔にかかった。

「……っ！」

さほどの量ではなかったが、前髪《まえがみ》と襟首《えりくび》の辺りがびっしょり濡《ぬ》れてしまった。

坂口は、自身の行為《こうい》に最初こそ驚《おどろ》いていたようだが、すぐにほくそ笑《え》んだ。

「あーあ、濡れちゃったか。いいんじゃない、水も滴《したた》るいい男ってことでさ」

偶然《ぐうぜん》とはいえ水をかけたことで、少しは溜飲《りゅういん》を下げたのか、坂口はさっさと控え室を出ていってしまった。

下を向くとボタボタ雫《しずく》が落ちてくる。

ハンカチで拭《ふ》いたが、とても拭《ぬぐ》いきれない。天志はふわふわとした髪質で、濡れると一層クセが強くなる。

濡れて物悲しいトイプードルのような状態だろう。

さらにインナーのTシャツが濃《こ》い色だったために、水に濡れたあとが丸見えだ。

慌《あわ》てたのは、だが一瞬だった。

このまま行こうと決意した天志は、A－3スタジオに向かった。

すでに撮影《さつえい》が始まっているスタジオ内は、照明の熱だろうか、ずいぶんと暑い。

二十代後半と思《おぼ》しき若いカメラマンと、アシスタント二名がいた。

カメラマンといえば、父を思い出す。

父が写真集を出す際、天志は自覚なくモデルとなった。カメラを向ける時、俊也は絶えず話しかけてきて、天志を笑わせた。だからカメラマンという職業のひとは、陽気なタイプが多く、撮影中はずっと声をかけてくるのだろう、と思っていた。

ところが生徒たちを写してくれるカメラマンは、口数が少ない。

授業だからだろうかと、天志は首を傾《かし》げつつそんなふうに分析《ぶんせき》してみせる。

女子の撮影が終わると、今度は男子生徒の番となる。

女性教師は、四人の男子生徒をぐるりと見回したが、天志の濡れた髪を見て軽く眉を顰《ひそ》めた。

「遠藤くん、その濡れた髪と服はなんですか」

「……ちょっと水を浴びました」

「は？　ふざけないでちゃんと理由を言いなさい」

天志はちらりと坂口を見たが、ここで彼の行為を告げても正直にうなずくとは思えない。

「服を取りに行って汗《あせ》をかいたので顔を洗ったら、なんか蛇口《じゃぐち》が壊《こわ》れてたみたいで、水が噴水《ふんすい》みたいに噴《ふ》き出してしまったんです。で、濡れてしまいました」

するとほかの生徒たちが嘲笑《ちょうしょう》する顔がちらりと視界に映った。

「君、照明に当たってたらすぐに乾《かわ》くよ。先生方、次はこの子で、ぜひ」

くすくす笑いながら、カメラマンが撮影に誘《さそ》う。

女性教師はため息をつくと、分かりましたとうなずいた。

「もうひとり、坂口くん」

「……はい」

恐《おそ》らくお互《たが》いこいつか、と思ったに違《ちが》いないが、先刻のことはひとまず頭の中から締《し》め出す。

カメラの前に立つと、なるほど南国の太陽のように、強烈《きょうれつ》な光が燦々《さんさん》と降り注いでくる。

これなら濡れた髪も服もあっという間に乾くだろう。

坂口と並んだところで、ざわざわと入り口が騒《さわ》がしいことに気づく。

目を凝《こ》らしたが、教師や生徒たちがいる場所は暗くて、よく見えない。

だがどうやらスタジオに誰《だれ》かが入ってきたようだ。しかもひとりではなく、数人らしい。

騒がしいのは、あとから入ってきたひとたちではなく、見学をしている生徒たちだった。

そういえば、A-1スタジオでファッション誌の撮影を行っていると言っていたから、もしかしたらそこのスタッフかモデルがやってきたのかもしれない。

――女子連中、騒いでいたもんな。

「じゃあはじめようか。まずは、えーと、遠藤くんだっけ？　君、椅子《いす》の右側に立って。もうひとりは左側」

指示どおりに立つ。

だがこの場に立ってみて、天志は戸惑《とまど》った。

カメラの前でどう動いたらいいのか、まったく浮《う》かんでこない。

天志の頭の中に、これまで見てきたファッション誌に掲載《けいさい》されたモデルたちのポーズが浮かんでは消えてゆく。

最初のシャッター音が響《ひび》いた瞬間、頭の中が真っ白になった。

「……あ」

ぎこちなく瞬《まばた》きをし、おずおずとカメラの方を見た。

カメラマンからはなんの言葉もなくて、さらに戸惑う。

自分は今、どこにいて、何をしようとしているのか、頭の中から吹《ふ》っ飛びそうになる。

隣《となり》にいる坂口の方を見る余裕《よゆう》もない。視線の隅《すみ》で、彼がしきりと動いているのが映るが、天志は身動《みじろ》ぎひとつすることができなかった。

完全に固まってしまったのだ。

「てめえがいくら必死になろうと、その身長じゃあ絶対にランウェイを歩けない。せいぜいが女装してイロモノでしか扱《あつか》われないだろう」

「可哀想《かわいそう》になあ。がんばったっておまえにモデルとしての将来なんかない。こんなチビなのに、人前に出るなんて、みっともねえったら。とっとと辞《や》めちまえよ」

「……っ」

隣で囁《ささや》かれる言葉が、天志を傷つける。

「退《ど》けよ、図々《ずうずう》しく俺の前に立つな。邪魔《じゃま》だ」

前方からは見えないところで肘《ひじ》打ちされた天志はよろけ、カメラの前で転んでしまった。

「……あっ」

だがカメラ音は止まらない。

見学をしている方からは、失笑する声が聞こえてくる。

天志は俯《うつむ》いて、ぎゅっと拳《こぶし》を握《にぎ》った。

まだ乾いていない前髪が、視界を遮る。

「遠藤くん、いつまで座っているの。立ちなさい」

叱責《しっせき》は、女性教師のものだった。

それでも天志は、強張《こわば》った身体《からだ》を動かすことができなかった。

どうしよう、と身体ばかりか心まで萎縮《いしゅく》してきてしまう。

「俯くな。笑え」

その時、カメラマンの後方《こうほう》から、そんな声が飛んできた。

――え……?

声の主は、すぐに分かった。どうしてこんなところにいるのかと、恥《は》ずかしくて俯きそうになったが、その言葉は天志を正気づかせ、萎縮した心に活を入れてくれた。

――こんなみっともないところ、絶対に見せたくない。

彼には。

すう、と一度息を吸い、目を閉じた。そして瞼《まぶた》を開くと、ゆっくりと立ち上がる。

真っ直ぐ前を向いて、口角を上げた。

「……おっ」

天志は笑った。

最初の数枚こそ少し頬《ほお》が引き攣《つ》ったが、父の俊也に写真を毎日撮《と》られていた天志にとって、聞き慣れたカメラのシャッター音だ。耳に響くたびにリラックスしてゆく。

天志は思いきって自分から動いてみることにした。

目の前にある丸椅子に腰《こし》かけ、まだ湿《しめ》っている前髪を掻《か》きあげた。

顎《あご》を引いて、真っ直ぐカメラを見据《みす》えながら、今度は控《ひか》えめな笑みを浮かべた。だがすぐにくるりと表情を変え、モデルとしてはちょっとどうかと思われるかもしれないくらい、全開に笑ってみせた。

するとカメラマンが、ふふっと笑った気配がして、天志は小さく肩を竦《すく》めると、ちらりと舌を出した。

「笑いすぎですか？」

「いいや、素《す》っぽくっていいじゃない。スーツを着た悪ガキみたいだよ」

「悪ガキですか？　っていうと、こんなカンジで？」

イーッと歯をむきだしにしてギュ－ッと目を瞑《つぶ》ると、今度は含《ふく》み笑いではなく声をあげて笑われてしまう。

「そりゃ個人的には魅力的《みりょく》だが、あんまりひとに見せるようなもんじゃないかな」

「じゃあ悪ガキがかしこまったカンジで」

と、今度は改まった顔をして半身を引き、斜《なな》めの状態から顔をカメラに向けてそっと笑う。

「いいね。後ろの子は彼の肩《かた》に手を置いて。それで、『悪ガキがかしこまったカンジ』で」

「え……」

坂口はうろたえたように棒立ちとなったが、すぐに気を取り直して天志の肩に手を置いた。

そして、どうやら微笑《ほほえ》んでみせたようだ。

「あー、『悪ガキがかしこまったカンジ』は難しいか」

カメラマンがそう言うと、天志の肩に載《の》せられた手が、ぎゅっと強く摑《つか》んできた。

それは痛みを感じるほどで、わずかに顔が歪《ゆが》む。椅子に座った状態で坂口を見上げると、蒼《あお》白《じろ》い顔をしながら彼もまた天志を見下ろしていた。

そのまま顔を近づけてきて、耳元でぽつりと呟《つぶや》かれる。

「調子に乗ってんじゃねえよ、チビガキが」

「調子になんか乗ってない。俺だって必死だよ」

すっくと立ち上がる。

真っ直《す》ぐに坂口を見上げる天志は、完全にカメラに背を向けてしまった。

「遠藤くん！　モデルがカメラに背を向けてどうするの！」

その時、叱責する声がスタジオ中に響き渡《わた》った。

声の主……女性教師は、つかつかと歩いてくると、カメラマンの隣に立った。

「しかも先刻の顔はなんですか。ふざけるのも大概《たいがい》にしなさい。大体あなた、先刻も衣装《いしょう》を忘れてきて、真剣《しんけん》みが足りません。そんなふざけた態度ならば、もう授業には出なくて結構。ここから出ていきなさい」

天志は慌《あわ》てて女性教師に目を向けた。

「後ろを向いてしまったのは悪かったと思います。でもふざけていません、俺は……！」

「言い訳を聞くつもりはありませんよ。さあ」

女性教師はスタジオの出入り口を勢いよく指した。

「先生、さっきのあれは俺も悪かったですし……」

カメラマンがそうフォローしてくれたが、女性教師は断固として天志を許さなかった。

「先生が出て行けって言ってるだろ。ほら、行けよ」

ドン、と背中を強く押され、天志は再び床《ゆか》に膝《ひざ》をついてしまう。

今、ここを出るわけにはいかない。

けれど謝っても、女性教師は天志がふざけていたものと決めつけてしまっていて、聞く耳持たないようだ。

「遠藤くん！」

女性教師の声は、どんどんヒステリックなものとなっていた。もともと天志は、この女性教師からあまりよく思われていないだろうと気づいていた。

それは、モデル科に入った経緯《けいい》があまりにも理事長の独断だったことへの、彼女の無言の抗議《こうぎ》だったのかもしれない。さらにモデルらしからぬ天志に対し、苛立《いらだ》ちを募《つの》らせたのだろう。

ウォーキングもろくにできない、写真を写す時、悪ガキのような顔をする……。

だがここで分かりましたと帰るわけにはいかない。

どうしたらいいのか……。

「そんなに叱《しか》らなくてもいいかと思いますが」

天志を再び救った声に、カメラマンの後ろ……暗くて天志からは見えない場所に目を凝《こ》らす。

照明の当たる場所まで進み入ってきた人物は、座りこむ天志を見下ろすと小さくため息をついた。そうして背後に回ると、天志をひょいと持ち上げた。

「あ……っ」

「キョウ……!?」

女性教師が、頓狂《とんきょう》な声で男――京を呼んだ。

京は教師に向けて軽く会釈《えしゃく》すると、にっこり笑う。

全世界の女性を魅了《みりょう》する笑顔《えがお》は、女性教師にも威力《いりょく》を発揮したようだ。

言葉を詰《つ》まらせる教師に、京はごくごく軽い口調でとんでもないことを言い出した。

「俺も撮影《さつえい》に参加させてください。ね、一緒《いっしょ》に写ってもいい？」

にこりと、天志と坂口に微笑む。

何を考えているのかと慌てて背後を振《ふ》り返るが、坂口の驚《おどろ》きは天志の比ではなかった。

先刻の控え室でのやりとりからもうかがえるが、坂口は京に憧《あこが》れているのだろう。そのモデルがいきなりやってきて、しかも自分と写真を撮るなんて、最高の夢ではないか。

ね、と京は駄目押しの如《ごと》く微笑むと、坂口はカクカクとぎこちなくうなずいた。

「じゃあ、カメラマンさん、よろしく」

「あ、……は、はい」

「キ、キョウ、わたしは遠藤くんに撮影は止《や》めなさい、と」

「先生は彼がふざけていると仰《おっしゃ》いましたが、俺はさっきの笑顔は魅力的だと思いましたよ」

「えっ？」

「むしろ初めての撮影時に、あんな笑顔を見せることができる人間なんて稀《まれ》ではないかと。カメラマンさんの御意見《ごいけん》は？」

「え、あー、……うん、そうだな。フォトジェニックとは彼のようなことを言うんだろうな」

「もっと写してみたいと思う？」

まあなとうなずいたカメラマンに、我が意を得たりとばかりに京もまた首肯《しゅこう》した。

後ろから天志を抱《だ》きしめ、京は肩に顎を載せてきた。

ふわり、と京がいつも纏《まと》う香《かお》りが、天志の鼻腔《びこう》をくすぐった。

「笑えってさっきも言っただろう。ほら」

囁《ささや》き声に、ドキリと心音が高鳴る。

京の息が頰に触《ふ》れてくすぐったい。だがこれだけ近づいているからこそ、京の呼吸が計れ、それに合わせて天志は思いきって笑った。

「そうそう。可愛《かわい》く笑え。それがおまえの取り柄《え》だって、俊也さんも言ってたじゃないか」

え、と声をあげそうになる。

――どうしてキョウが、父さんが言ったことを知っているんだ？

不審《ふしん》は、だが辛《かろ》うじて面《おもて》には出さなかった。

『写真は、つまり記録だ。あとで見た時、ああ、この時にはこんなことがあったな、あんなことに夢中だったなって思い出せるツールだね』

俊也の言葉が脳裏《のうり》に響《ひび》いた。

俊也が写したのは、天志の日常だ。地に足がついた、現実に直結する写真たち。

ならばファッション誌はどうだろう。

こちらは非日常の括《くく》りに入ると、天志は思う。

同じ写真とはいえ、それは真逆だ。

モデルの仕事は服を見せること。そして今おこなわれている撮影は、モデル自身の価値を、他者に知らせるための写真だ。自分はこんな顔をしています、こんな表情もできます、こんな着こなしができますよ、という。

天志にとって父のカメラで撮《と》られるのは楽しいことだった。カメラを向けられると、嬉《うれ》しくてすぐににこにこ笑った。

どうして嬉しかったのか、ちゃんと分かっている。

父のやさしくて温かな視線が、天志に向けられているからだ。

『天志は腕白坊主《わんぱくぼうず》そのまんまって顔で笑うなあ。だがその笑顔が一番いい』

俊也はそう言ってくれた。だから笑おう。

それを京が思い出させてくれた。

まるで太陽に向かう向日葵《ひまわり》の花のように明るい笑みを浮《う》かべる天志から、京はすい、と身体《からだ》を引く。と、今度は隣《となり》に突《つ》っ立つ坂口へと移動した。

京は坂口の肩に、曲げた肘《ひじ》の先端《せんたん》を載せると、スゥ、と表情を消した。

まるで心を凍《こお》らせてしまったかのような無表情で、だがだからこそ壮絶《そうぜつ》に美しいと思える、芸術的とすらいえる顔だった。

間近でその顔を見てしまった坂口は絶句し、ますます身を硬《かた》くする。

完全に何もできなくなってしまった坂口に一度だけ視線をやったが、京はすぐに興味をなくしたようにふいと顔を背《そむ》けた。そして天志に対しては、神々をも見惚《みと》れさせるだろうと思わせる、とろけるような笑顔を見せた。

天志もまたそんな京にのまれたが、決して俯《うつむ》かなかった。

見劣《みおと》りするのは当然。だが自分が勝負できるのは笑顔だけだ。だから今自分が出来得《う》る精いっぱいの笑顔を、カメラに向けた。

「いい顔だ。だが顔だけじゃなく」

京はス、と背筋を伸《の》ばして半身を半ば引いた形でぴたりと止まった。

ファッション誌でも見るような、完璧《かんぺき》な立ち姿に、天志だけでなく、このスタジオにいる全員の視線が彼に集中する。

京の手が、天志に伸ばされた。

まるで操《あやつ》られたように、掌《てのひら》の上に、自らの手を載《の》せる。

ぐい、と引き寄せられ、かと思えば、腰《こし》に手が添《そ》えられた。

「ちょ……っ」

「カメラの方を振り返れ」

驚いたのは一瞬《いっしゅん》で、すぐに京に従った。絶妙《ぜつみょう》のタイミングで、シャッターが切られる。

「うまいぞ。よくできました」

それはふざけた調子ではなかった。

そして天志は、京にそう言ってもらえたことが嬉しくて……、ちょっと涙《なみだ》ぐみそうになるくらい、本当に嬉しかった。

〈五〉

二限目の授業を無事終えた天志は、ほかのクラスメイトたちの苦い視線を受けながらも、早々にA-3スタジオから飛び出した。

撮影に乱入してきた京は、終了《しゅうりょう》するなりあっさりスタジオから出ていった。その後さらにふたりの男子生徒の撮影となったために、天志は京に何も言うことができなかったのだ。

——ありがとう、と言いたかったのに。

京がかけてくれた言葉のお陰《かげ》でどうにか撮影を続けることができたし、余裕《よゆう》がないながらも最後の方には楽しいとさえ思えた。

次には自分たちも京と撮影できるかもしれないと思っていたらしい後半撮影組のふたりも坂口も、天志に向ける視線は厳しい。だがますます身の置き所のなくなったモデル科内での己《おのれ》の立ち位置を憂《うれ》うより、まずは京を追いたかった。

けれど京の撮影はすでに終わっていて、A-1スタジオにはもういなかった。

帰宅すれば夜には京に会うことができるだろう。それでも今、胸の内にある感謝の気持ちを彼に伝えたかったのだが……。

天志は気落ちしながらも【狩野服飾学院】をあとにした。

家に向かって五分ほど歩いていた時、前方に見たことのあるバイクが止まっていた。

フルフェイスのヘルメットを被《かぶ》っているから顔は見えないが、あの常人離《ばな》れした脚《あし》の長さ、スタイルの完璧さは、見間違《みまちが》えようもない。――京だ。

京は走り寄った天志にヘルメットをポンと放《ほう》り、後ろを指した。

乗れ、と示されて躊躇《ちゅうちょ》したのは一瞬で、バイクに跨《また》る。天志が腰に腕《うで》を回すのを確認《かくにん》してから、京はバイクを走らせた。

「仕事は……っ？」

風とバイクのエンジン音に負けないよう大声を出したら、今日は終わり、と聞こえてくる。

珍《めずら》しい。天志が付き人としてついていた間、京は朝から晩まで仕事をしていたのに。

下宿先の狩野邸《てい》に到着《とうちゃく》し、ヘルメットを外すなり、京は開口一番問うてきた。

「モデル科の中で浮いてるんだろう」

「……そりゃ、身長も全然足りないし、みんな俺がなんでここにいるのかってさ。理由なんて言ってないから分かんなくて当たり前だし、仕方がないかなって」

「……」

「ウォーキングも、みんなもうプロみたいですごいよ。撮影も手慣れてるみたいだったな」

一緒《いっしょ》に写った坂口は、そちらに目を向ける余裕がなかったから分からなかったが、女子生徒や後半撮影《さつえい》したふたりは、すでに仕事をしているような堂々としたポージングをしていた。

「実際手慣れてるんだろ。モデル科に在籍《ざいせき》してるのは、読モのような形でも撮影をしたことがあるヤツばかりだ。あるいはモデルとしてすでに仕事をしているのかもしれない」

「ドクモ、って何？」

読者モデルのこと、と京はひと言で説明すると、あらためて天志の全身に視線を滑《すべ》らせた。そんなふうに京に見られると、天志の心音はいや増す。

「な、なんだよ？」

「おまえが今後、ファッション関係のモデルとしてやっていくのか、やっていけるのかは分からないが。――来い」

「ちょっと、キョウ？」

ぐいぐい手を引っ張られ、それは屋敷《やしき》に入っても離《はな》れない。

京は三階までゆくと、一番奥の自室に向かった。

「キョウ？……、わ」

初めて入った三階の京の部屋は、他室以上に広く、二十畳《じょう》ほどもある。そしてほかの部屋と明らかに違うのは、入って左手の壁《かべ》の窓側半面が鏡張りになっているのだ。

「これ、キョウが自分で改築したの？」

モデルは身体が資本だからという柊至の言葉を受けて、ギャラ一ヵ月分のベッドを購入《こうにゅう》するくらいだ。モデルは常に自身の体形を意識していないといけないと聞くし、加えて毎日ウォーキングの練習をしようという考えの下《もと》、こんな部屋を造ったのかもしれない。

「冗談《じょうだん》だろ。悟さんが出しゃばってきて、『君にはこの部屋をプレゼントだ！』とかなんとか言って強引《ごういん》に押しつけてきたんだよ」

「あー……」

やりかねない、彼ならば。

天志は控《ひか》えめに室内に視線を配った。

鏡のあるところには、家具の類《たぐい》がまったくない。完全に半分はウォークイングルームとしてしか機能していないのだろう。

鏡と逆側は据《す》え付けのクローゼットらしい。目立たない引き手がいくつか見えた。

そして廊下《ろうか》側には、ベッドと机、書棚《しょだな》があるだけで、ずいぶんと素っ気ない印象だ。装飾《そうしょく》的なものが何もないのも、その印象に一役買っているのだろう。

何よりあの巨大《きょだい》な鏡があると、ウォーキングルームとしての役割の方が大きすぎて、とてもではないが『自分の部屋』というふうにはまったく思えないし、正直ちっとも落ち着けない。

――ここで寝《ね》てるのか、キョウは……。

もともと京のものであった四階の部屋を天志に譲《ゆず》ってしまったから。

隙《すき》を見ては四階の部屋に強襲《きょうしゅう》してくるのは、天志をからかうためやベッドの寝心地《ねごこち》ゆえというだけでなく、京もこの室内で休みたくないと思っているからかもしれない。

自分だったら絶対嫌《いや》だ。この部屋で寝るのは。

「あのさ、……」

やっぱり四階の部屋はキョウが使って、と言いかけた天志だったが、京は手を握《にぎ》ったまま鏡の前に進み出る。

「ウォーキングの授業を受けたんだろう。見てやるから歩け」

「え？」

――天下のキョウに、ウォーキングレッスンが受けられる……って!?

それはなんという贅沢《ぜいたく》か、と天志は目を白黒させる。

「あの……どうして？」

京は天志にレッスンをしてくれるつもりなのだろう。けれどその理由が分からないから、天志は戸惑《とまど》うばかりだ。

「借りを返すだけだ」

「借り、……って、なんの」

京の言うことが全然理解できない。自分は思っていた以上に頭が悪いのだろうかとがっかりする。だが、

「早くしろ」

急《せ》かされて、天志は、これはチャンスだと思うことにした。

自分はどれほどダメなのか、プロモデルとしての京の意見を聞きたいではないか。

一限目で習ったとおり、天志は背筋を伸《の》ばし、鏡に向けて一歩足を踏《ふ》みだした。

授業で初めて歩いた時より緊張《きんちょう》しながら、天志は今の自分の精いっぱいを京に見せた。

最初に立った場所に戻《もど》ってきた時には、思わず細く長い息が零《こぼ》れた。すると京は無言のまま、

「歩いてみろ」

今度は自身が歩きはじめた。

見た瞬間《しゅんかん》、天志はハッと息をのんだ。

目の前で京のウォーキングが見られるという、常では考えられない幸運に、天志はボゥッと見惚《みと》れる。

――すごい……。身体《からだ》の芯《しん》が全然ブレない。バランス完璧《かんぺき》！

しかも、何気ないシンプルな服だというのに、彼の動きに合わせて動く皺《しわ》までもが美しく見えるから不思議で堪《たま》らない。

見栄《みば》えよくターンしようとするあまり、天志は何度も身体が揺《ゆ》れてしまった。だが京は一ミリほどもブレずに美しいターンを見せる。

ふわりと京の身体を包みこむ風の軌跡《きせき》が見えたような気がする。

やがて戻ってきた京は、軽く首を傾《かし》げて天志に問う。

「どこが違《ちが》った？」

「……そんなの、全部違う。おんなじところなんて一カ所もないよ」

京はくすりと笑い、

「違うのが分かることは大事だ。ひとつひとつ検証していけるからな」

ごく軽い調子でそう言うと、まず、と天志の背に掌《てのひら》を当てる。

「大事なのはバランス。姿勢を真っ直《す》ぐに保つのは当たり前だが、胸を張りすぎるのもバランスを崩《くず》すきっかけになる。肩甲骨《けんこうこつ》を寄せる、と意識するのはいいことだ。それからここ」

背後に立ち、腰《こし》を両手で包みこまれた。

「わ……っ」

「動くな」

「は、はい……」

――でも、く、くすぐったい……！

京の大きな掌の感触《かんしょく》に胸を震《ふる》わせながら、懸命《けんめい》に相手の言葉に耳を傾《かたむ》けた。

「腰で歩く。こう」

腰骨に触《ふ》れた手に、ぐい、と押された。

「あっ」

意識しないまま左足が一歩進む。

「足じゃなく、ここを意識して歩け」

腰を支点にと告げられ、天志は右足を踏み出した。だがそこで止《や》めさせられる。

「右足を踏み出す時には、左足は絶対曲げるな。膝《ひざ》をまっすぐだ」

右爪先《つまさき》を上げたままの状態で止められて、前の鏡を見たら、左膝がわずかに曲がっていた。

「これはたくさん歩いて身体に叩《たた》きこむしかない」

「は、はい」

京は次の動作に進むたびに止めて、とても細かな指導をしてくれた。丁寧《ていねい》で分かりやすい。けれどそれが即《そく》己のウォーキングに反映されるかと思えば、それはまた別で、『歩く』という行為《こうい》がこれほどあちこちに気を配らなければならないのかと思うと、途方《とほう》に暮れそうになる。

通常意識していない動きだからこそ、それをひとつずつ確認《かくにん》していくことがやけに難しい。身体に叩きこむしかない、という京の言葉には心から賛成だが、頭が混乱してぐるぐるしてくる。

何十往復したか分からないほど歩いて歩いて歩き続けた天志は、とうとうちょっと待ってと座りこんでしまった。

「もう限界か？」

だらしないなと京に揶揄《やゆ》され、天志は息を切らしながらむぅ、と唇《くちびる》を尖《とが》らせた。だがすぐに小さく肩《かた》を落とす。

「……ホントだらしないなー、俺」

はあ、と大きくため息をついた。

歩いても歩いても、満足するウォーキングができない。

たかだか数時間のレッスンしか受けていないのだから、そんなにすぐに完璧に歩くことができないのは分かっている。けれどここはいいんじゃないかと思った瞬間には別のところでとてつもない欠点を見つけてしまって、がっくりくる。

それでも、たとえ少しでもまあまあと思えるところを見つけることができたのは嬉《うれ》しい。

「んー、でも、ありがとうございました！　間近でキョウのウォーキングが見られて、すごく勉強になりました！」

ありがとう、と笑うと、京の指が頬《ほお》に伸びてきた。そして痛くはないが、きゅっと抓《つね》りあげられる。

「え、ぅえ？　何？」

「ケイだ」

「……何が？」

「名前」

「——」

「キョウは仕事用の名前。本名は京と書いてケイと読む」

——数字の『京』。兆の次の位だよ。

ふっと脳裏《のうり》に、声が響《ひび》いた。

「……京と書いて、ケイと読む。なんかそれ、どっかで聞いたことがあるような……」

だが思い出せない。いつ、誰《だれ》に言われたのかも。

京は考えこむ天志をじっと見据《みす》えていたが、思い出せずにいると、ため息をついた。

「というわけで、京と呼べ」

「け、京、さん？」

さんをつけると、心底嫌そうに京の顔が歪《ゆが》んだ。

「えーと、京」

　眉間《みけん》の皺が晴れる。

「息は整ったな。立て」

「え、もう終わりじゃ……」

「冗談《じょうだん》だろう」

　引き続きレッスンをする気満々の京に、天志は引き攣《つ》り笑いを見せた。

「あのー、もう二時間くらい歩いてますけど、け、京、今日ご予定、は？」

「安心しろ。さっきも言ったが仕事は終わったし、プライベートも空いている。よって一晩中おまえのウォーキングレッスンに付き合ってやれるぞ」

「一晩中……っ!?」

　仰天《ぎょうてん》して頓狂《とんきょう》な声をあげた天志に向けて、京はにっこり笑った。

　完璧な『キョウ』の笑顔《えがお》だ。

「この俺が教えてやるんだから、完璧なウォーキングをマスターしろ。ついでによくあるポージングも教えてやる。モデル科のヤツらも教師も、ぐうの音も出ないほどのな」

　立て、ともう一度言われた天志は三秒ほど息を止めたが、すぐによしとうなずいた。そして身軽に立ち上がる。きっちり頭を下げ、

「よろしくお願いします！」

　九十度身体を折り、京に教えを請《こ》うたのだった。

一晩中というのは大袈裟《おおげさ》だったが、それでも食事の時間以外、計十時間にも及《およ》ぶウォーキングとポージングのレッスンを受けた天志は、最後には床《ゆか》にくたくたとうずくまってしまった。

――もうダメだぁ……。足が動いてくれない。

「ギブアップ?」

横で膝を折った京が、楽しげに覗《のぞ》きこんでくる。

「ギブ、したくないけど、むり……」

ぴったり床に頰を押しつけたまま、天志は漸《ようよ》うそれだけ言うと、目を閉じた。

「じゃあ今日はこれでおしまい」

「あ……りがとう、ございました」

立ち上がってちゃんと頭を下げたいのに、全身がギシギシして自由にならない。だが礼だけは言わなければと、囁《ささや》くような声音《こわね》で呟《つぶや》く。

「おう」

このままここで寝《ね》てしまいたいと思った刹那《せつな》、空気が揺《ゆ》れた。そして背中と膝裏に何かが触れたかと思うと、ふわり、と。

身体《からだ》が宙に浮《う》いた。

「え、わ……っ」

疲《つか》れきって緩慢《かんまん》な動きしかできない天志は、驚《おどろ》きながらも目を開けることしかできない。

案の定、京に抱《だ》き上げられていたことで、今度はうろたえる。

「ん？」

だが京はなんでもないことのように天志に目を向けてきた。

「あ、や……、俺歩けるよ」

「歩けはするだろうが階段は無理だと思うぞ」

そう言って、ひとひとりを腕《うで》に抱いているとはとても思えない、しっかりとした揺るぎない歩調で部屋を出て、廊下《ろうか》を進んだ。

一秒ごとに鼓動《こどう》が速くなってゆく。下りなきゃとか離《はな》してくれと言わないととか思うのに、天志を支える力強い腕が、それを言わせなかった。

躊躇《ちゅうちょ》しているうちに、あっという間に四階の部屋に到着《とうちゃく》してしまった。そして、軋《きし》むように痛む身体を気遣《きづか》ってか、ひどくやさしい仕草でベッドに下ろしてくれた。

「……ありがとう」

「少し休んで、身体が動くようなら風呂《ふろ》に入れ。まあ無理だと思うがな」

京は悪戯《いたずら》めかした顔でそう言うと、彼にしてはとても珍《めずら》しいことに、それ以上天志にちょっかいをかけることなく、おやすみと踵《きびす》を返した。

「京」

呼び止めたのは、何かが言いたかったからではなかった。

レッスンと部屋に運んでくれた礼は先刻言った。疲れきって頭の芯《しん》がボゥッとしている。だから京が部屋を出ていくのを止める理由は何もないはずだ。

けれど天志は、思わず京の名を呼んでいた。

「あのさ、こっちの部屋で寝てくれよ」

振《ふ》り返った京へと口にした言葉に、天志自身こそ驚いた。

あれ、俺何言ってんの、とパニックに陥《おちい》りかけた天志は、慌《あわ》てて言葉を継《つ》いだ。

「あ、なんか変な言い方になっちゃったけど、ただ、あんたがあの部屋で寝たくないっていうのがちょっと分かっちゃったから、こっちの部屋を俺が占領《せんりょう》するのは悪いかなって……っ！」

プライベートルームとは言い難《がた》い、三階の部屋。

あんなところで寝ても、ちっともリラックスできそうもないし、いつだって仕事のことが頭から離れないのではないかと思う。

もちろんモデルとして、そういう姿勢は大事だろうしすごいと思うけれど、仕事と私事をきっちり分けるのも大切なんじゃないか、とも思うのだ。

そんなふうに考えてしまったから、つい出た誘《さそ》いだったのだが、京が戻《もど》ってきて、さらには顔を寄せてくる間に、早速後悔《さっそくこうかい》が頭を擡《もた》げる。

「それは誘ってるのか？」

「俺はただ、あの部屋であんたが眠《ねむ》るんだって考えたら嫌《いや》だなって思ったんだよ」

「だから一緒《いっしょ》に寝よう、って？」

「え、や……、なんだかその言い方はちょっと意味がちがう……」

小さくごちた天志は、だが京を見上げるなり絶句してしまう。

京の面《おもて》を彩《いろど》る鮮《あざ》やかな笑顔が、言葉を奪《うば》わせたのだ。

「誘われたなら受けないとな」

「あ、あの……」

やっぱり意思の疎通《そつう》ができていないようなと言いかけたが、それは声にならなかった。

可愛《かわい》い音を立てて、唇《くちびる》が触《ふ》れてきた。啄《つい》ばむように軽《かろ》やかに、やわらかく、何度も。

サァッと全身を走ったのは、緊張《きんちょう》ばかりではなかった。京に触れられて、己《おのれ》の芯が密《ひそ》やかに震《ふる》える。その震えを、天志は無意識のうちに肯定《こうてい》していた。——こうやって触れてくる京を、心の内に引き入れていたのだ。

鼓動が速すぎて胸が痛い。手足の先がジンと痺《しび》れて、身体の内側を熱風が奔《はし》ったかのように熱い。

覆《おお》い被《かぶ》さってくる京の背中に手が伸《の》びそうになって、そんな自分にわけが分からなくなる。

『俺はおまえのこと好きだけどな』

昨夜浴室で聞いた京の声を思い出した天志は、どうしよう、と身を縮めた。

軽く言われたあの言葉を、何もこんな時に思い出さなくてもいいのに。

「け、い。俺……」

まるで泣く寸前のように目の縁《ふち》が熱くて、けれど涙《なみだ》が零《こぼ》れる理由が分からないから、戸惑《とまど》って仕方がない。

京は目を細めて、天志をじっと見つめた。そして指先を伸ばして頬《ほお》に触れてきた。

「おまえ、すぐに真っ赤になるな。ホントに小猿《こざる》っぽい」

「こ、小猿？　俺小猿……っ⁉」

よく小動物に譬《たと》えられるが、こうまではっきりと猿呼ばわりされたことはない。

むぅ、と唇を尖《とが》らせた天志を、京は愉快《ゆかい》げに笑ってその尖った下唇を抓《つま》んだ。

「ますます小猿っぽい。あんまり可愛いと食うぞ」

「さ、猿は食べても美味《おい》しくないと思う、多分！」

「食ってみなけりゃ分からないだろ。ほら、味見させろ」

「ダメ、……っ、うわ！」

無造作に上に乗られて、天志は慌てて手足をばたつかせたが、つい先刻までの過酷《かこく》な十時間レッスンを耐《た》えた身体で、そんな無茶《むちゃ》な動きができるわけがなかった。

思わずうめいた天志に、京はふと手を止めた。そして乗り掛《か》かった身体を、ふいと退《ど》けてくれたのだ。

「け、京？」

おずおずと見上げると、途端《とたん》に手が伸びてきて、天志の髪《かみ》をくしゃくしゃと撫《な》でた。

「まあ今日は寝とけ。明日は筋肉痛を覚悟《かくご》しておけよ」

そう言って京はベッドから遠ざかろうとする。

「ま、待って！　どこで寝るんだよ⁉」

その問いには、京は肩《かた》を竦《すく》めて苦笑《くしょう》した。

「おまえはまだまだ子供だね」

どこがだ、と眉間《みけん》に皺《しわ》を寄せて問えば、今度はため息をついた。

「ここで寝てもいいんだろ？　シャワー浴びてくる」

「あ……、うん」

京は部屋を出ていこうとしたが、何を思ったのか戻ってくる。そしてベッドヘッドに置いていたアルバムに手を伸ばした。

「京？」

呼んだが京は顔を上げず、何枚も捲《めく》る。そしてある場所で手を止めると、くすりと笑った。

「おまえやっぱり薄情者《はくじょうもの》」

え、と首を傾《かし》げた天志にアルバムを押しつけ、京は踵を返した。

「おやすみ、寝てろよ。起きてたらその気があると見做《みな》し、さっきの続きをしてやろう」

「さっきの続きって……」

ぎょっとしたが、京はくすくすと笑いながら部屋を出て行ってしまった。

その姿が見えなくなった途端、天志はアルバムを抱《かか》えながら枕《まくら》に頭を沈《しず》ませた。

「続きってなんだよー……」

やっぱりからかわれているのだろうか。

自分は京の顔が近づくだけでドキドキするのに、彼は全然印象が変わらない。

天志は開いたまま渡《わた》されたアルバムに目を落とした。

「これでなんで笑うんだ？」

台紙には四枚の写真が貼《は》られていた。

右側は天志ひとりの写真が二枚。左側は友達と写っていた。

いずれも天志や友人の子供時代のもので、写真の下に書かれた日付は、八年前。

天志が十歳の頃《ころ》の写真だった。

五人ほどの友達とドロだらけで遊ぶ天志が面白《おもしろ》かったのか、あるいは京曰《いわ》く、『小猿のような』顔をして笑っているのがおかしかったのか……？

わけが分からない。

天志は八年前の自分や友達、島のひとたちの写真が貼られた台紙を、丁寧《ていねい》に捲ってゆく。

「父さんが京を撮《と》ったら、どんな写真になるかな」

過去は主にファッション誌での撮影《さつえい》が多かった俊也だが、復帰後はプロのモデルたちだけでなく、ごく普通《ふつう》のひとたちを撮りたいと言っていた。

その、『ごく普通のひとたちを撮る』目線で京を撮ったら、どんな写真となるのだろう。

興味が募《つの》る。

そんなことを思いながら、じわじわと押し寄せてくる眠りの波に、天志は素直《すなお》に瞼《まぶた》を閉じた。

――京は本当に来るかな。

一緒に寝《ね》るのは、ドキドキする。けれど京を、あの部屋では寝かせたくない。

空室はいくらでもあるのだから、どちらかが移動すればいい、という思考にはならなかった。ドキドキするけれど、京の手が自分に触れるのは嫌じゃない。それに、決して彼に言えないが——言ったらからかわれるに決まっている——、唇が触れることも。

けれど、

「なんであんなに簡単にキスできるんだろ……」

やっぱり外国にいる時間が長いからか？

嫌じゃないけれど、もし京がほかの誰《だれ》かとあんなにも簡単にキスをしていたら。——それは嫌だな、ととても素直に天志は思う。

嫌だと思うその理由には、今は到《いた》らない。

眠気が押し寄せてきたから、ふわふわ漂《ただよ》う思考が、決定的な感情の名を確定させてはくれなかった。

天志はアルバムを抱《だ》きしめながら、重くなってゆく瞼を閉じた。

夢の中に、まだ子供の京が出てきた。

姿は今のままなのに、俺は今十四歳だ、などと言って天志を困惑《こんわく》させつつ笑いを誘《さそ》った。

『でっかい十四歳だなあ』

天志がそう言うと、俺は子供なんだから頭を撫でろと言う。

身長が百九十センチ近いのだから、手を伸ばしても頭を撫でることなんてできない。

座れよ、じゃないと撫でられないじゃないかと天志が膨《ふく》れると、京はすとんと腰《こし》を下ろした。

次の瞬間《しゅんかん》京の顔が、美少女と見紛《みまが》うばかりの華奢《きゃしゃ》な少年に変わった。

『え、京？　どこ行った？』

慌《あわ》てて周囲を見回す。すると少年の細い手が、天志の服を握《にぎ》って引っ張った。

『何言ってるんだ。俺が京だよ』

笑った顔が、視界いっぱいに映る。

『な、何……!?』

『何って、さっきの続きをするって言ってただろ？』

――これって夢じゃないの？　夢じゃないから京に続きをされてしまうのか？

驚《おどろ》き慌てふためく天志に、十四歳の美少女京が乗りかかってくる。

『ま、待って待って……！　十四歳じゃダメだよ、今の京じゃないと……っ』

そう叫《さけ》んだ途端に、美少女京が、あっという間に青年京へと変化した。

『あ……』

『おまえの望みどおりにしてやるよ』

それからはキスの嵐《あらし》、服まで剝《は》がされ、めくるめく官能の世界に、天志は身も心もトロトロに蕩《とろ》けさせられた――。

──という、不可解かつとんでもない夢を見てしまったのだった。

❦ ❦ ❦

おかしな夢を見たことと、昨夜の京のやさしいキスが、天志の調子を狂《くる》わせる。

今日は京の付き人として、一日一緒《いっしょ》にいなければならないのに、嬉《うれ》しいのと恥《は》ずかしいのと戸惑いとで、心の中をぐるぐる搔《か》き回されてちっとも落ち着けない。

今日の京は珍《めずら》しく、バイクではなく車を使用した。本来は付き人の自分が運転を……と言いたいところだが、あいにく免許《めんきょ》を持っていなかった。

免許は取っておいた方がいいかなと呟《つぶや》くと、京はにべもなく首を振《ふ》った。

「免許を持っていても、おまえに運転をさせるつもりはない」

むっとはしたものの、京が車庫から出した車種が、有名な外国メーカーのものだと気づくなり、天志は免許を持っていなくてよかったと心から思った。

自分のものならともかく、こんな走る一戸建てのような車なんて絶対に運転したくない。

車は振動《しんどう》が少なく、スムーズに走る。

ふと、どうして今日は車なのかという疑問が湧《わ》いた。

──もしかして俺が全身筋肉痛だから？

この身体《からだ》でバイクに乗るのはきつかっただろうから、気遣《きづか》ってくれたのかもしれない。

車を運転する京の横顔を、ちらりと見た。だが京の視線がこちらに向きそうになると慌てて目を逸《そ》らす。そんなことを二度三度と繰《く》り返していると、とうとう京がため息をついた。

「おまえ朝から少しおかしくないか？」

そんなことないよと言った声からして裏返り、天志はじわじわと頰《ほお》を赤らめた。

どうにも京を意識してしまって仕方がない。

視線を向けられれば恥ずかしくて目を逸らすのに、ずっと見ていたい。

自分でもおかしいと思うのだから、京はなおさらだろう。不審《ふしん》を覚えたようだが、京は不意にニヤリと笑った。

「そう意識されるなんて、期待しておこうか」

「別に意識なんてしてないし！」

「そう？ ようやく小猿《こざる》から五歳児程度に成長したかと思ったんだがな」

五歳児と言われても反論できない。京に比べれば、自分は本当にまだまだ子供なのだから。

「……今日はどこのお仕事？」

京との会話のキャッチボールができなくて、天志はとりあえずそんなことを訊《き》いてみた。

「今日は一日『Ｚｉｚ』の事務所に詰《つ》める。広告媒体《ばいたい》の撮影と、ショーのための打ち合わせだ」

「『Ｚｉｚ』！ 俺あそこのスーツ、好きだよ。今の俺にはおとなすぎるけど、いつかは『Ｚｉｚ』のスーツが着られたらいいなあ」

『Ｚｉｚ』は若手デザイナー五人組のブランドで、各々《おのおの》が得意分野を持っているのだという。トップス、ボトムス、スーツ、ドレス・マリエ、靴《くつ》や帽子《ぼうし》・鞄《かばん》といった小物と、それぞれの専門がいるのだそうだ。

全員が高校時代からの同級生や先輩後輩《せんぱいこうはい》で、気心が知れた仲間たちのため『Ｚｉｚ』は会社というよりいまだに同好会のようなノリになることがあると、以前雑誌の特集で言っていた。

だが同好会のノリで、この不況《ふきょう》の中、年商が右肩上《みぎかた》がりというのはすごいと天志は思う。

『Ｚｉｚ』は今度、少し変わった系統のシリーズを出すようだぞ。十代後半の男子向けで、ふわふわした可愛《かわい》いタイプの服だそうだ」

「女の子も着られるような、ユニセックスタイプの服ってこと？」

「いや、あくまでも男のための可愛い服」

「……ふーん？」

どういう服なのか、想像ができない。

「おまえに合うんじゃないか？」

京は小さく笑う。途端《とたん》にまた胸がドキドキして、おかしい自分を問いつめたくなる。

「ああ、ひとつ注意しておく。事務所に入ったら、絶対に俺の目の届く場所にいろ」

「なんで？」

「あそこのデザイナーの中に、面倒《めんどう》なタイプがいるからだよ」

どういう意味なのか、その時にはもちろん分からなかったが、事務所に入室した途端、天志は京の忠告の意味を知ったのだった。

❦ ❦ ❦

「待ってたよ、僕のミューズ、僕のアポロン、僕のゼウス！」

『Ｚｉｚ』の事務所に通された瞬間、そんな叫び声に迎《むか》えられた天志は、ぎょっとしてその場に立ち竦《すく》んでしまう。

前方から、京ほどではないが長身の男が両手を広げながら突進《とっしん》してくる。

「……っ!?」

男は真っ直《す》ぐ京へと向かってきて、そのまま抱き竦めようとした――ところを、伸《の》ばされた掌《てのひら》が、男の顔を直撃《ちょくげき》した。

「うぉ……っ」

「おはようございます、関《せき》さん。相変わらずお元気そうで何よりです」

腕《うで》一本で男の突進を食い止めながら、京はにっこり微笑《ほほえ》んだ。

「そのクールなところがまたいいんだよなあ、僕のガニュメデス……！」

「もう少年という年でもないんですけど」

「いやいや、ますます美貌《びぼう》に磨《みが》きがかかったじゃないか。……ていうか、できたら掌をどけてほしいんだけど」

京は肩《かた》を竦めると顔から掌を離《はな》した。

——な、なんなんだ、このひと……？

京の落ち着きっぷりからして、これは会うたびに繰り返されることなのだろう。

だが京に対して、これほど全力で好意をあからさまに表す人物を初めて目の当《ま》たりにした天志は、口を開けたまま絶句していた。

と、男——関の顔が、京から隣《となり》の天志に向き……次の瞬間、カッと眼《め》を見開いた。

「え……」

「スクランブル交差点の君……っ！」

関はそう叫んだかと思うと、今度は天志に襲《おそ》いかかってきた。

「——ぅ、わ!!」

普段《ふだん》の天志ならば、関が伸ばしてきた両腕を軽々と避《よ》けられただろう。けれどいまだ筋肉痛に苛《さいな》まれつつあったことと、関の頓狂《とんきょう》な行動に完全にのまれていた天志は、腕の中に引き寄せられそうになった。

そこを救ったのは、隣に立つ京だった。

またしても関の顔を掌で押さえこみ、もう一方の手で天志を抱《だ》き寄せたのだ。

「関さん、俺の許可なくこいつに触《さわ》らないでください。俺怒《おこ》っちゃいますよ」

奇妙《きみょう》に凄《すご》みのある笑顔《えがお》を向けられた関は、ちょっと驚いたように目を瞠《みは》った。

「スクランブル交差点の君は、キョウの可愛い子なの？」

「そうですよ？　覚えていてくださいね」

「可愛い子って、な……」

「ところでスクランブル交差点の君ってなんです？」

「そうそう、聞いてくれる？　あれ、運命の出会いだと思ったんだよねー。ちっちゃくて可愛くて、でもお人形さんみたいなんじゃなくて元気溌剌《はつらつ》としてて、見た目では分からないけどちゃんと綺麗《きれい》な筋肉がついていて、意外にも体術なんかも体得していたりして……っていう子が、『Z・i z-m』のイメージだったもんで、そういう子を探してたんだよ。で、すぐそこのスクランブル交差点でマンウォッチングをしていたらさ、理想どおりの子が駅方面から歩いてきて、声をかけたんだけど逃《に》げられちゃってさ」

「それがこいつだったということで？」

「そうそう。ていうか、これってホントに運命の出会いだよね」

京の腕の中でおろおろしている天志を完璧《かんぺき》に無視し、ふたりでどんどん会話を進めてゆく。

だが男の言葉を聞いているうちに、天志も思い出した。

――東京に出てきた初日にしつこく声をかけてきた男だ。

あまりの勢いのよさに押され、すっかり気がつくのが遅《おく》れた。

ファッション関係者だとは思っていたが、まさかこんなところで再会するなんて、思ってもみなかった。

しかも話を聞けば、彼は『Z・i z』のデザイナーのようではないか。

『Ｚｉｚ』のスーツに憧《あこが》れる天志にとっては、ちょっと衝撃《しょうげき》的な事実だった。

「簡単に運命の出会いにしないでほしいんですけど」

「はは、まさかキョウの可愛い子だったとは。……君、なんて名前なの？」

いまだ京の腕の中にいる天志を、関は覗《のぞ》きこんできた。

無精《ぶしょう》ひげを生やしながらも、目がキラキラしていて少年のような表情をしている。

「……遠藤天志です」

「キョウの仕事の見学に来たの？」

「あ、いえ。俺今、け……キョウの付き人をしてるんです」

「付き人、ってキョウ、今までつけてたっけ？」

「君、【狩野服飾学院】のモデル科に通ってるんでしょう。あの学校、狩野の事務所に所属しているモデルの付き人をさせるっていうじゃない」

業界では有名なことなのだろう、スタッフのひとりと思《おぼ》しき女性が、そう口を挟《はさ》んだ。

「モデル科。君、モデルの卵か。あれ、モデルには興味ないって言ってたような気がするけど、まあいいや。なんて素晴《すば》らしい偶然《ぐうぜん》だ……！」

「ねえ、ところで遠藤天志って、遠藤俊也の義理の息子《むすこ》じゃない？」

続いて聞こえてきたハスキーな声の、その内容に、ドキリとする。

「え。……ああっ、【Natural Automata】のモデルか！」

それまで京と天志のそばにいたのは関だけだったのに、わらわらと何人も押し寄せてきた。

「なんで芳《よし》さんが知ってるんだ？」

「【Natural Automata】の巻末に書いてあったじゃない、『息子の天志へ』って」

それに顔を見れば一発で分かるわ。写真からそのまま成長したって感じだし、気がつかなかった関がアホウなのよ。

芳と呼ばれた、ハスキーボイスの人物は素っ気なくそんなことを言う。

「関が大物を逃がした惜《お》しいことをしたって、やたらに悔《くや》しがってたけど、どれどれ、顔を見せて。……あら、関あんた結構見る目あるじゃない」

「ああ、これだったらインスピレーションの神様が降臨してきてくれるかも。キョウ、腕離《はな》してちゃんと見せてくれよ」

「大丈夫《だいじょうぶ》、そんなにぎゅっと囲わなくても、襲ったりしないから」

方々からそんな声をかけられた京は、ふとため息をついて、天志の身をわずかに離した。

――この飢《う》えた狼《おおかみ》みたいな目をしてるひとたちの中に放《ほう》り込まれるのか……⁉

ぎょっとして思わず京の上着に指を縋《すが》らせようとした天志だったが、離れた腕はすぐに肩に回された。

「俺は今日、こいつをあなた方に紹介《しょうかい》するためにここに来たわけじゃないんですけど」

途端に周囲にいたひとたちは、ぴたりと押し黙《だま》った。

「仕事をしないというのでしたら帰りますが？」

にっこり笑った京に、全員が即《そく》首を横に振《ふ》った。

「じゃっ、キョウ、早速《さっそく》メイクに取り掛《か》かりましょう！」

「あ、俺は撮影《さつえい》準備が整っているか、下に行って確認《かくにん》してくるよ」

「あたしはちょっと小物の確認を……」

早々にひとびとは散ってゆき、残ったのは関のみとなってしまった。

「関さんはお暇《ひま》なんですか？」

本日この事務所に来てから何度目かの微笑《びしょう》は、横から見上げる天志でさえ、スゥ、と背筋に冷たいものが滑《すべ》り落ちるほど冷ややかだ。

「はは、……嫌《いや》だなあ、暇だなんてそんなわけないじゃない」

「だったらお仕事を再開してください。では」

行くぞ、と手を引っ張られ、天志は二階の事務所から一階へと連れていかれた。

「け、京……、ちょっと！」

ぐいぐい引っ張られて手首が少し痛い。京はすぐに気づいて手の力を抜《ぬ》くと、今度は指と指を絡《から》め直してきた。

「やっぱり『Ｚｉｚ』の面々は【Natural Automata】を知ってたか」

京にしては珍《めずら》しく、苦みを帯びた口調で呟《つぶや》いた。

「……ええと、それ、まずかった？」

大騒《おおさわ》ぎになってしまったのが京の癇《かん》に障《さわ》ったのだろうかとドキドキしながら問うと、ふっと瞬《まばた》きをして、天志に目を向けてきた。そしてくすりと笑う。

「おまえがまずいことをしたわけじゃないんだから、そんな顔をするな」

繋《つな》いだ手とは逆の方で、髪《かみ》をくしゃくしゃと撫《な》でてきた。ちょっとホッとする。

ではなぜ機嫌《きげん》が悪いのだろうかと内心首を傾《かし》げるが、それをあらためて問う前に、一階についてしまった。

「キョウさん、ヘアとメイク、こちらでお願いします」

『Ｚｉｚ』は四階建ての自社ビルで、そのうち一階には、受付と会議室とフォトスタジオ、それから撮影用のメイク室や仮縫《かりぬ》いなどができるような控《ひか》え室があった。

スタッフに呼ばれた京は返事をしたが、天志の手を離すことはなく、まるで羽毛《うもう》で心をくすぐられるような気持ちになる。

ヘアメイクを終えると、控えていたスタイリストが、早速最初の衣装《いしょう》を京に着せ掛ける。

京が纏《まと》うのは、全身漆黒《しっこく》のスーツだ。インナーのシャツまで黒く、ネクタイはしていない。

――カッコいい……。

京の身体《からだ》にぴったりフィットした、京のためにあるようなスーツだ。

天志の目をくぎづけにして離《はな》さない。

見惚《みと》れていると、鏡越《ご》しに京と目が合って小さく笑われた。慌《あわ》てて顔を逸《そ》らす。

「あの、今日の撮影の衣装は何着あるんですか?」

十着だね、とスタイリストが教えてくれた。

「ポスターを十種類作るんだよ。それを首都圏《しゅとけん》のＪＲの駅構内にズラーッて貼《は》るんだってさ」

「うわ壮観《そうかん》……。すっごく見たいです！」

どんなポスターが並ぶのだろう。ほかの九着はどんな衣装なのか。そしてそれを着た京は、握《にぎ》り拳《こぶし》を作って、興奮を露《あら》わにした。

どんな表情を見せるのだろう？

想像するだけでワクワクしてくる。

最後にショートブーツを履《は》いて、京は背筋を伸《の》ばす。

カメラ前でもランウェイ上でもないのに、そこだけが現実から切り離されたように見える。現代人にとって、服は日常生活になくてはならないものだ。なのに服を表現するファッションの世界は、現実から乖離《かいり》しているように感じる。

特別な世界なのだと、あらためて天志は思った。

スタジオに入ると、撮影スタッフだけでなく、『Ｚｉｚ』のメンバーも来ていた。

早速始まった撮影中、カメラマンではなく『Ｚｉｚ』のデザイナーたちがああやってほしいこうやってほしいと、続けざまに口を挟んでくる。

プロの撮影現場に足を踏《ふ》み入れたことは、京の付き人をするようになって何度かあるけれど、こんなふうにカメラマンではない人物たちが、しかもひとりではなく数人が口を出す形というのは初めてだった。

そのうえ意見の統一がなく、聞いている天志の方が混乱してくる。けれど京は言われたとおりのポーズを、少しの躊躇《ためら》いもなくすぐにしてみせるのだ。

明るい照明と華《はな》やかなフラッシュに彩《いろど》られた京は、何度目にしても見飽《みあ》きず、それどころか回を重ねるごとに尊敬の念が増してくる。

やはり京にとって、モデルは天職だと思う。

黒いスーツの撮影は、十分程度で終了《しゅうりょう》した。その後すぐに次の衣装に着替《きが》え、撮影を再開。

二着目は素材の異なる紺碧《こんぺき》色の上衣《うわぎ》を幾《いく》枚も重ねた服だ。

京の撮影は滞《とどこお》りなく進み、残り三着となったところで、天志は背後から声をかけられた。

「君の彼氏はカッコいいねー」

声の主は関だった。

「彼氏じゃありません、けどカッコいいっていうのには、心から賛同します」

「ねー。彼は『Ｚｉｚ』にとって、そして僕にとってのミューズだ」

新進気鋭《きえい》のデザイナー集団『Ｚｉｚ』の広告塔《こうこくとう》を務める京は、彼らにとってインスピレーションをかきたてられる最たる人物なのだろう。

関はズルズルと椅子《いす》を引きずってきて、天志の隣《となり》に腰掛《こしか》けた。

ほぼ同じ目線となったところで、じっと天志を見据《みす》えてくる。

「な、んです？」

「うん、やっぱり好きな顔だなって」

返答に困ることを言われると、黙りこむしかない。

「これ見て」

差し出されたのは、スケッチブックだった。

「今度ウチで新しく立ちあげる予定のブランド『Ｚｉｚ－ｍ』の大まかなコンセプトなんだ」

関はスケッチブックを捲《めく》った。

一枚目のデッサンを見た途端《とたん》に、天志は瞠目《どうもく》した。

空色と白の、まるで風を紡《つむ》いだかのような、やわらかな曲線を描《えが》く服が描かれていた。

パンツスタイルだが女性物だろうかと思った天志だったが、モデルの髪形《かみがた》に目を向けるなり、あれ、と首を傾げた。

「これって……」

「君を見てインスピレーションが湧《わ》いて、あの日即行《そっこう》で描いたやつ。このスケッチブック一冊全部そう」

「ええ……っ？」

思わずもう一度目を落とす。確かに色とその形が、天志の髪にそっくりだった。

一枚ずつページを繰《く》っていくが、いずれも爽《さわ》やかで明るく、尖《とが》ったところがほとんどない服が、白い紙の上を覆《おお》い尽《つ》くしている。

「女の子が着てもおかしくない形や色合いだけど、僕はこれを少年に着てもらいたいんだ」

「すごく素敵《すてき》です」

『ちょっと妙《みょう》なひと』という関の印象だが、やはり才能溢《あふ》れる『Ｚｉｚ』のメンバーだ。

「着てみたくない？」

最初のデッサンを指して、関はにっこり笑いながら小首を傾げた。

「え、……あの、俺」

「着てみるだけ、ね？　で、ちょこっと写真撮《と》らせて？」

「写真……!?」

そう、と関はうなずいて、一気に顔を近づけてきた。

「ダメですよ、俺、モデルじゃないですし……！」

「モデルでしょ。狩野のモデル科に在籍《ざいせき》しているようだし、それに【Natural Automata】であれだけ写されたんだから」

「モデル科に在籍しているだけでまだモデルじゃありません。それに写真集の方はノーカウントです。あの時の俺は、モデルの自覚なんて全然なかったし、それにあの写真集は父の作品であって、俺のものじゃありません」

モデルとして、見たひとの印象に残ったというのなら、それはフォトグラファーとしての父の腕《うで》によるものだ。天志は素人《しろうと》でしかない。

「じゃあ君は、君自身の作品を作りたいと思わない？」

関はにこりと笑い、そして視線を京へと据えた。

「世界トップクラスのキョウのそばにいて、何か感じることはないのかな」

それはもちろん、日々感じることばかりだ。

「そしてモデル科の生徒なら、こんなチャンスを逃《のが》してちゃダメだよ」

関の魅力《みりょく》ある誘《さそ》いに、天志は言葉を詰《つ》まらせる。と、

「関さん、天志にちょっかい出さないでください」

七着目の撮影《さつえい》は、いつの間にか終わっていたようだ。照明の下から離れ、京が呆《あき》れたように
ふたりを見下ろしてきた。

「キョウは見たくない？　天志くんの可愛《かわい》い姿」

「こいつの可愛い姿は、俺だけが見られればいいので」

「そ……、何言ってるんだよ……っ」

「えー、でも見て。これ、天志くんに着せたくない？」

デッサンを京に見せると、ふ、と彼の視線が留まる。

「実はこれ、もう出来上がってるんだよ。現物持ってくるから待ってて」

関はダッシュで自分のアトリエに向かい、すぐに戻《もど》ってきた。

そして晴れわたる春の空をそのまま写し取ったような、美しい空色のロングドレスシャツと、
白いパンツを天志に押し当ててくる。

シャツは腰《こし》の辺りが締《し》まっていて、裾《すそ》に向けてふわりと広がっていた。

「このシャツ、素材はなんですか？」

「素材は綿。薄《うす》いガーゼをね、何枚も重ねているんだ。風をやさしく素肌《すはだ》に感じられるように、
できるだけ素材が持つ『強さ』を削《けず》ってみた」

「すごいやわらかくて手触《てざわ》りがよくて気持ちがいい」

「だろ？」

まさにお日様の下で着て、思いきり空へ両手を伸ばしたい気分になる。

「着てみたいでしょ？　着てみたいよね？」

関に迫《せま》られるまでもなく、現物を手にした天志は、この服を着たい気持ちが募《つの》ってくる。

一度ちらりと京を見たが、天志は自分の思いを口にした。

「俺……、着てみたい、です」

「じゃ、ちょっとメイクしようか。はい、キョウも八着目の服に着替えるんだろう？」

ふたりしてぐいぐい関に背中を押される。

「あの、……京、ごめんなさい。俺、付き人で来たのに」

京は、無言だった。

やはり怒《おこ》らせてしまっただろうかと身を竦《すく》めると、ふっと笑う気配がする。

「ついでだ。一緒《いっしょ》に撮ってもらうか」

「え？」

聞き間違《まちが》いだろうかと我が耳を疑ったが、間違いではなかったらしい。関の耳にも、その声は届いていた。

「その案もらった！　次のキョウの服、なんだったっけ？　おお、お誂《あつら》え向きに白のロングコートじゃない。この服にぴったりだ」

——京と写真……！

思いも寄らぬ展開に目を白黒させているうちにヘアメイクは終わり、先刻まで見ていた場所に、京と並んで立つことになってしまった。

「俺、……」

自分はとんでもないことをしているのではないかと、身が竦みそうになる。

だがその時、天志の緊張《きんちょう》を感じ取ったのか、京が顔を仰《あお》のかせて近く目を合わせてきた。

「昨日倒《たお》れるまでレッスンをしただろう？　思い出せ」

「……あ」

京は口元を綻《ほころ》ばせた。

「俺と写るんだから、可愛く笑えよ」

「……可愛く、っていうのは分からないけど、がんばる」

そう言って、こくりとうなずいた。

――何より、こんな機会、もう一生ないかもしれないし……！

京は天志の背後に立った。そして二十センチ小さい天志の身体《からだ》を抱きしめるように、緩《ゆる》く腕を前側に回してくる。

撮影が始まった。

〈六〉

夢のようなひとときだった、と天志は細く長い吐息《といき》をついた。

撮影自体にかかった時間は、正味三十分もなかったと思う。だが終了《しゅうりょう》してからずいぶん時間が経過しているというのに、いまだに天志は己《おのれ》が夢の中の住人であるかのように、現実に戻ってこられないでいる。それほどに深く、濃《こ》く、一生忘れられそうもない三十分間だった。

『Ziz』のデザイナーたちはとにかくノリがよかった。関の独断で天志を撮影に参加させたことに対し、難色を示した者はひとりもいなかった。それどころか皆面白《みなおもしろ》がって、次々にアイディアを出してくるのだ。

たとえば、最初天志は髪型《かみがた》をタイトに仕上げていたのだが、素《す》のままの方がいいんじゃないかと言われて、普段《ふだん》以上にふわふわにしてみたり、雪のように白い羽根を降らせてみたり、スタジオではなく青空の下で撮ってみたらどうかという意見が出て、急遽《きゅうきょ》自社ビルの屋上に向かったり。

『キョウ、お姫《ひめ》さま抱っこしてみたら？』

などという意見には、

『天志くんは女の子じゃないんだからそういうのはナシで、おんぶとかどう？』

『それじゃ親子みたいになるだろー』

と、すかさず返ってくる。

その頃《ころ》には、天志もすっかり『Ｚｉｚ』のメンバーのノリに慣れてきた頃だったから、つい、

『じゃあ俺がキョウをおんぶするのはどうですか？』

ひとつのアイディアとして言ってみたら、全員をきょとんとさせた挙句に爆笑《ばくしょう》されてしまった。

『俺、ちゃんと鍛《きた》えてますから、キョウを背負ったまま転ぶなんてこと絶対しませんよ⁉』

どうして笑われるのか分からなくて、勢い込んでそう続けたのがいけなかったのか、なおも笑われてしまう。だがそれは天志を馬鹿《ばか》にしたような笑いではなく、本当に面白いことを聞いたという感じだった。だから天志はいまだに笑われたわけが分からないながらも、嫌《いや》な気持ちになることはまったくなかった。

ほどよい緊張感《きんちょうかん》と、遠慮《えんりょ》のない気持ちいいディスカッションで、出された意見を即《そく》形にできること。

全員がプロフェッショナルで、それなのに遊び心も持っていて、よりよいものを作り出そうという気持ちが、天志にも伝わってきた。

『はいＯＫ！　お疲《つか》れさまでした！』

そんな声がかかった時には、もっと続けたいとすら思ったくらいだ。

『うわー、久しぶりに楽しかった！』

『ミューズが目の前にいるとイメージが湧《わ》いてくるね。ちょっとアトリエに籠《こ》もってくるわ』

『天志くん、お疲れ〜。よかったよ』

関だけでなくほかのメンバーまでやってくると、てんでに手を伸《の》ばしてきた。

『お、お疲れさ……、わぁ、……っ！』

皆上機嫌《じょうきげん》なのか、女性デザイナーに抱き着かれ、関には頭の天辺《てっぺん》にキスされてしまった。

『関さん』

すぐに京が関を引き剝《は》がしてくれたが、天志自身、その時には興奮していたのと特に意識していない相手だったために、まったく気にならなかった。

帰宅時には各デザイナーから名刺《めいし》を渡《わた》され、今度は仕事じゃなく見学においで、いろんなことを教えてあげるよとまで言ってもらえた。

――すっごく楽しかった……。

『Ｚｉｚ』のメンバーとのやりとりが、天志の感覚にぴったり合ったのも楽しかった理由のうちのひとつだけれど、一番はやはり、京と一緒に撮影《さつえい》ができたからだ。

この業界に進みたいと思ったきっかけの人物とふたりで、カメラのフレーム内に収まることができる……なんて贅沢《ぜいたく》な三十分間だったのかと、天志は何度も思い返しては胸を震《ふる》わせた。

京が運転する車に揺《ゆ》られている間も、狩野邸《てい》に到着《とうちゃく》しても、いまだに夢の中に片足を突《つ》っ込んでいるような状態だった。

「天志」

「……うん」

「来週火曜から、仕事で海外に行く」

「うん」

「おまえもついてくるか?」

「うん……」

京から話しかけられているのに、いつものようにポンポン言葉が出てこなくて、的外れの相《あい》槌《づち》しか打てていないことにも気づかなかった。

と、ふいに手首を力強く引っ張ってゆかれて、初めてハッと顔を上げた。

「……ぁっ? 京、何……」

驚《おどろ》いて京を見上げるが、ひと言もない。

四階の天志の部屋に入ると、そのままベッドにまでやってきて、強引《ごういん》に座らされる。きょとんと見上げる天志を、京は押し倒してきた。

驚いて跳《は》ね起きようとした天志だったが、京の腕《うで》はびくともしない。

近づいてくる秀美《しゅうび》な顔に俄《にわ》かに緊張して、思わず身を捩《よじ》らせてしまう。

露《あら》わになった耳朶《じだ》に、京は低い声を吹《ふ》き込んだ。

「俺と一緒にいる時は、俺以外のものに気持ちを向けるな」

え? と逸《そ》らした顔を京に向けると、剣呑《けんのん》な視線が直撃《ちょくげき》してくる。何を言われたのか一瞬《いっしゅん》分からなかったが、意味が通じた時には思わず謝っていた。

「ご、ごめん。俺、撮影が楽しすぎて、ボーッとしてた」

「……楽しかったか」

「うん。『Z・i・z』のひとたち、カッコいいね！　最初は緊張したけど、撮影させてもらって勉強になったし、滅茶苦茶《めちゃくちゃ》楽しかった」

京にのしかかられた状態ながら、先刻の撮影をまた思い出して、天志はにこにこ笑う。

「関さんも初めて会った時はおかしなひとだなあって思ったけど、すごいひとなんだね。俺が着たあの服、すごく着心地《きごこち》が良くて形も綺麗《きれい》で、感激しちゃ……」

勢いこんで喋《しゃべ》る途中《とちゅう》でいきなり京に唇《くちびる》を塞《ふさ》がれて、あっと小さく叫《さけ》んだ。

「な、何を……」

「この状況《じょうきょう》で嬉々《きき》としてほかの男の話をするとは、やっぱりおまえのここは五歳児並みだな」

天志の額を指先でトントンと叩《たた》いて、京は呆《あき》れたようにため息をついた。

「確かに京に比べたら子供だと思うけど、ご、五歳児はひどいと思う」

「だったら俺が今何を思ってこういう状態に持ち込んでいるか、おまえ分かってる？」

「……え」

「これから何をしようとしているのか、十八歳にもなっていれば、当然分かるはずだよな？」

ベッドに横たえられて、上から乗られて、先刻はキスまでされた。

この、今の状況にやっと思い至ることができた天志は、途端《とたん》にカッと頬《ほお》を赤くした。

「俺はこの口からほかの男の名を聞くつもりはない。俺といる時は俺以外のことを考えるな」

先刻も似たことを言われた。その時には単に、自分が余所事《よそごと》に気を取られていたから京が怒《おこ》ったのだろうと思った。だからすぐに謝った。けれど今は違《ちが》う。その言葉が、どこか独占欲《どくせんよく》を感じさせて、天志の胸の鼓動《こどう》を嫌というほど速くする。

「それから、関さんにキスされても嫌がりもしないのはどういうことだ」

「あ、だってあれは……」

単にお疲れさまの挨拶《あいさつ》みたいなものだろう。京にされるのとでは全然違う。

だが京には自身の気持ちなど伝わるわけもない。そしてそんな感情を口にするつもりもなかったから、天志はただ小さく肩《かた》を竦《すく》めて上に乗る男を見上げることしかできなかった。

『Z·iz』には確かに興味深いメンバーが揃《そろ》っているが、ベタベタ触《さわ》ってくるのを許すな」

完全に命令口調の京に、天志が抱《いだ》いていた戸惑《とまど》いは、不審《ふしん》と苛立《いらだ》ちへと変わる。

――なんで命令されないといけないんだ？

関たちは天志に下心など持っていないだろうに、恋人《こいびと》でもない京にそんな命令をされるのはおかしいではないか。

むっとしたのが伝わったのだろう、京もまた面《おもて》から表情を消す。

『Z·iz』のひとたちは、さっきの撮影が楽しかったからああいう態度に出たんだろう？

それを許すなっていうのは違うと思う」

「俺が触らせるなって言っているんだから聞け」

「だからどうしてそういうことを京に言われないといけないんだよ！　確かに俺は付き人だけど、京の所有物じゃない……っ」

京はつ、と目を細めた。

男らしい端麗《たんれい》な顔は、そうすると余計に迫力《はくりょく》を増して、天志はハッと息をのんだ。

「——もう暫《しばら》くは待ってやろうと思っていたが」

「……え？」

「おまえの占有権《せんゆうけん》を主張するために、おまえを隅々《すみずみ》まで手に入れよう」

「な、何言って……」

天志には京の言葉の意味が正しく理解できなかった。だからより一層顔が近づいてきても逃《に》げることすら思い至らず、一秒後にあっさり唇を塞がれてしまった。

「ん、……んんっ」

京からもたらされるキスは不意打ちばかりだ。

何度もされているのに、天志はいつだって息と共に心臓まで止まってしまうのではないかと思うほど驚かされる。

京は唇を触《ふ》れ合わせたまま、舌先で双唇《そうしん》を割り開こうとしてくる。だがぎゅっと天志が力をこめると、今度はやさしく舐《な》め始めた。唇の表面、唇の際《きわ》、下唇に舌が這《は》うと、ジリジリとした得体の知れない痺《しび》れが走って、思わず肩が震えた。

それでも強情《ごうじょう》に唇を引き結んでいると、いきなり胸の上に掌《てのひら》を置かれて撫《な》で擦《さす》られた。服越《ご》しとはいえ、指の感触《かんしょく》、掌の温かさが伝わってきて、ますます震えが大きくなる。

身を捩り、京の唇や掌から逃《のが》れても、すぐに追いかけてきて捕《つか》まってしまう。

本気で逃れようとすればきっとできたのではないかと、天志はのちに思った。けれど、いくら彼の言葉に納得《なっとく》できなくても、相手が京である限り、渾身《こんしん》の力で抵抗《ていこう》はできなかったのだろうとも思う。

攻防《こうぼう》は、上に乗る京の方が明らかに有利だった。もとより天志が色事に関して京に勝てるはずもない。

やがて京の思うとおりに深いキスを与《あた》えられ、シャツを捲《まく》りあげられて直《じか》に素肌《すはだ》を触られては、到底《とうてい》天志に勝ち目はなかった。どんどん身体《からだ》から力が抜《ぬ》けていってしまう。

「ん……、ん――っ」

口中を辿《たど》る京の舌は饒舌《じょうぜつ》だった。天志自身が知らなかった感じるところを舐《ねぶ》って、突いて、くすぐってくる。そうされると唾液《だえき》が溢《あふ》れてくることを、天志は初めて知った。

指もまた同様だ。特に感じる個所《かしょ》を弄《いじ》られると、勝手に身体が跳ねてしまう。

たとえば鎖骨《さこつ》。胸の先端《せんたん》。脇腹《わきばら》。

そこをさらに執拗《しつよう》に触られてしまうと、もうどうしようもない。

どこをどうやっても、力が湧《わ》いてこない。ただただ寝心地《ねごこち》のいいベッドの上に、だらしなく四肢《しし》を投げ出すことしかできなかった。

しかも与えられるキスと胸への愛撫《あいぶ》が、天志の思考をとろりと蕩《とろ》かそうとする。京に対し怒っていたはずなのに、それすらも頭の片隅に押しやられていった。

執拗な口づけがようやく解かれた時、思わず熱い吐息《といき》が唇から零《こぼ》れ落ちた。それは密《ひそ》やかな喘《あえ》ぎまでも孕《はら》んでいて、己《おのれ》の耳に届いた途端に、耳殻《じかく》に鮮烈《せんれつ》な熱が灯《とも》った。

だが京はそんな天志の反応に対しても、なんの言葉もなかった。それどころか、無言のまま顔を下方へと少しずつ移動させてゆく。

「……け、い……、な……に？」

首筋から鎖骨、さらに指が触れている胸の先端にまで来ると、唇で啄《ついば》んでくる。

「京……！」

慌《あわ》てて腕を突っ張らせた天志は、だがさらに驚愕《きょうがく》する。京は胸から一気に手を下降させ、下肢《し》を寛《くつろ》げてきたのだ。そして戸惑っているうちに、下着ごと一気にジーンズを膝《ひざ》まで引き下ろされた天志は、ぎょっとして京を突き飛ばそうと両手を突っ張らせた。だが京はそれを軽々と躱《かわ》し、剝《む》きだしになった下腹部に、掌を押し当ててきた。

「け……、京、や…だっ」

想像すらしていなかった事態に混乱して、京の手から遠ざかろうと上向きから胎児《たいじ》のように横向きになり、ぎゅっと身を丸めた。けれど、もちろんその程度では逃げたことにはならず、むしろ背後から抱《だ》きかかえるように腕を回されて、それ以上身動きが取れなくなってしまう。しまった、と思った時にはもう遅《おそ》かった。

京から逃れたいのに、背後から抱かれているために動くことができない。どうして自らを追い込むような形を取ってしまったのかと、五秒前の自分を呪《のろ》いたくなった。

前側に回ってきた京の両手が、天志の下腹部を弄ってくる。そして他人に一度として触れられたことのないそこを握《にぎ》られてしまった。

「——あ……っ」

京は、いまだ反応のない天志の性器に緩《ゆる》く指を絡《から》めると、ゆっくりと動かしはじめた。途端全身を駆《か》け巡《めぐ》ったのは、明らかな快感だった。

「……や、嫌《いや》だ……」

じわり、と熱が上がる感覚を、嫌というほど鮮明《せんめい》に感じる。初めて知る類《たぐい》の熱で、天志はそれを恐《おそ》れた。そして恐れは、自分の身体の変化だけではない。

——京、何も言わない……。

普段《ふだん》なら絶対に何か口にするはずなのに、ひと言も喋らず、無言のままなのだ。

怒っている、と感じた。けれど京が何に対して怒っているのか、今の天志は思い至ることができない。ただ京がいつもと違《ちが》うことだけは分かるから、それが恐《こわ》かった。

天志自身も怒っていたはずなのに、そして理不尽《りふじん》なことをされているのは自分の方なのに、許してと言ってしまいそうになる。

心臓が胸を突《つ》き破ってしまうのではないかと思うほど、恐ろしい勢いで鼓動する。

己の身体なのに、自分の意思で何もできないこの状況《じょうきょう》が恐くて堪《たま》らない。それなのに京に捉《とら》えられた天志自身は、刺激《しげき》を与えられてどんどん成長していってしまう。

「あ、……ぁあ……っ」

根元から先端に向けて何度も指を動かされる。数度単調な動きが続いたかと思うと、そのリズムを不意に崩《くず》して、先端ばかりを弄られる。痛いほど感じるそこを執拗に指の腹で擦《こす》られれば、堪《こら》えようもなく体液が溢れてきた。

くちゅ、と耳を塞《ふさ》ぎたいほど淫《みだ》らな音が聞こえてきた天志は、夢中で頭《かぶり》を振《ふ》った。

「ゃあ……っ」

京の指に育てられた熱は、もう後戻《あともど》りできないほどだ。けれど自分が感じていることを京に知られるのが、恥《は》ずかしくて堪らない。

「やだ……、も、指離《はな》せってば……京！」

半ば涙《なみだ》ぐみながら、天志は悲鳴めいた声で京を呼んだ。それなのに京は決して指を離そうとせず、それどころかますます強い刺激を与えてくる。

「や、ぁ……、け、い、京……」

「……ここばかりは子供とは言い難《がた》いか」

ずっと無言だった京の第一声がそれだったから、身の内を渦巻《うずま》く熱を一瞬《いっしゅん》だけ忘れる。

「――え……？」

「ずいぶん色っぽい声を出す。これならさっさと奪《うば》っておいた方がよかったのか」

「な、に？　何言ってるんだ、……京？」

「可愛《かわい》がってやる、と言っているんだ」

そう囁《ささや》かれた刹那《せつな》、京は天志を強引《ごういん》に仰向《あおむ》けると、のしかかってきた。そして膝の辺りで丸まっていた下衣と下着を取り去り、大きく両脚《りょうあし》を広げたのだ。

ぎょっとして慌てて膝をくっつけようとするが、京の力には敵《かな》わなかった。ぐい、と広げてその間に陣取《じんど》ると、再び下肢に手を伸《の》ばしてくる。

「や……っ」

身を捩《よじ》っても無駄《むだ》だった。京は手で支え持つそこへ無造作に顔を伏《ふ》せてゆくと、先端にぞろりと舌を這わせた。

それは、手で触《さわ》られた時以上の衝撃《しょうげき》だった。京にされていることを目にした瞬間、頭の中が真っ白になった。

愕然《がくぜん》と固まる天志を、京はちらりと見て、目の縁《ふち》に笑《え》みを浮《う》かべた。そうしてゆっくりと天志の性器をのみこんでゆく。

「――やぁ……っ！」

幼い子供のような、細く甲高《かんだか》い声が喉《のど》から溢れ出る。夢中で手を伸ばし、京の頭を押し返そうとしたのに、スウ、と茎《くき》の部分に歯を這わされて、身が強張《こわば》った。

とんでもないことをされている、と思うのに、身体が自由に動かない。横向きになっていた時と比べれば手や足を動かせるのに、ただただ全身を震《ふる》わせることしかできずにいる。

「けい、京っ、やだ……っ」

唇《くちびる》に扱《しご》かれる感触、舌の動き、時折掠《かす》める硬《かた》い歯、それらが与える快感は、恐ろしいほどに強くて、天志の双眸《そうぼう》からは堪らず涙が溢れた。

快感を示す嬌声《きょうせい》を止められないまま泣くから、喉の奥からしゃくり上げるようなみっともな

い音が溢れる。

その声で、京は天志が泣いていることに気づいたようだ。天志の顔に視線を向けてきた。目と目が合うなり、天志は炎《ほのお》で炙《あぶ》られたように顔を熱くした。

「京……、や、や、だ……」

口、離してと懇願《こんがん》するのに、京は聞いてくれなかった。それどころかますます深くのみこんで、天志の官能を根底から揺《ゆ》さぶろうとしてくる。

京の口中で、熱はあっという間に育ちきる。あとはもう、最後まで達してしまわなければどうしようもないところまで追いつめられて、それでも天志は無駄な足掻《あが》きを繰《く》り返した。

嫌だとうわごとのように繰り返しながら、京の髪《かみ》に指を絡めて弱々しく引っ張る。それを厭《いと》うてか、京は脅《おど》すように歯を滑《すべ》らせた。

痛みはないけれど、鋭《するど》い歯がじわりと表面を撫《な》でる感触《かんしょく》に恐怖《きょうふ》を覚えて、天志は指を浮かせてしまう。するとその隙《すき》に、京はさらに熱心に口での行為《こうい》を再開するのだ。

喉が干上がる。息をするたびにひりひりと痛みを感じて苦しい。それでいて涙は止まらず、いくつもの雫《しずく》がこめかみから耳元へと転がってゆく。

「も、やだ、嫌だ……、も……出ちゃうから……っ」

離してと息も絶え絶えに懇願する。すると京はわずかに唇を外し、そうしてふっと笑った。

「ずいぶんと快楽に弱い。敏感《びんかん》だな。……それとも慣れてないからか？」

性的なことを揶揄《やゆ》されては、黙《だま》ってはいられない。涙が滲《にじ》む双眸で、ひとの言葉を聞かない傍若無人《ぼうじゃくぶじん》な男を睨《にら》みつけた。

「俺は……っ、あんたみたいな、好きでもないヤツにこんなことをするような節操なしじゃないんだよ。慣れてなくて当然だろう！」

「——俺が節操なしだ、と？」

「だって俺にこんなことするじゃないか！　お、おれ、俺は、あんたの恋人《こいびと》じゃないのに」

どうしてこんなことになってしまったのだろう。何が悪かったのか。

——こんなの、恋人同士でしかしちゃいけないことなのに。

それは、天志にとってはとても自然な考えだ。けれど京はそうではないのだろう。

そうあらためて思った瞬間、冷たい塊《かたまり》が胸底にズシンと落ちてきた。

「じゃあ恋人でもない男の口に銜《くわ》えられて、こんなふうになっているおまえはどうなんだ？」

完全に勃起《ぼっき》した状態の性器を摑《つか》み取ると、京は無造作に擦ってくる。

「……っ、ん、ぁ……っ、こ、んなの、ただの生理現象、じゃないか……っ」

「誰《だれ》にされてもこうなる、と？　ずいぶんな淫乱《いんらん》だな」

なんてひどいことを言うのだろう。淫乱だなんて、天志がこれまで生きてきた十八年間で、ただの一度も言われたことのない、自分にはまったく関係ない言葉だと思っていた。

悔《くや》しくて悔しくて、けれど天志にできるのは、京を睨みつけて罵倒《ばとう》することだけだった。

「会って二週間しか経《た》ってない人間にこんなことする、あんたの方が淫乱じゃないか……っ」

次の瞬間、天志は食いつくように唇を奪われた。

それは息もできないほど激しく、それでいて官能の奈落《ならく》に落とされてしまうかのような、絶望的に甘いキスだった。

カラカラに乾《かわ》いていた口中に、あっという間に唾液《だえき》が溢《あふ》れ、小さな水音が響《ひび》く。その温《ぬる》んだ個所《かしょ》を、舌で容赦《ようしゃ》なく掻《か》き回される。まるでその舌は、天志の頭の中をも掻き回すかのようだった。

「ン――――ッ！」

京は深いキスを強引に与《あた》えながら、下肢《かし》をも弄《まさぐ》ってくる。口での愛撫《あいぶ》ですでに熟しきっていたそこは、指先にちょっと弄られた瞬間に弾《はじ》け散ってしまった。

達した身体《からだ》は、長距離《ちょうきょり》を全力疾走《しっそう》した直後のようにだるくて重い。ぐったりとベッドに沈《しず》む天志の唇を、京はそれでも離そうとしなかった。

頭の中が濃《こ》い靄《もや》で覆《おお》われてしまったかのようだ。怒《おこ》っていたはずなのに、その怒《いか》りすらも遠い。

「……二週間じゃないだろう、もっとずっと前に会ってるじゃないか」

互《たが》いの唇に距離ができた時、京が掠れた声で囁いた。

ともすれば天志自身の息に隠《かく》れてしまいそうな低い声だったけれど、はっきりと耳に届いた。

――もっとずっと前……？

「ちゃんと思い出せ。俺はおまえを忘れたことなんてなかった。一年前『ASH‐RED』のショーに来た時も、学院のリハ会場で会った時も、俺はおまえのことを見つけたのに」

それは初めて聞く声音《こわね》だった。

苦しくて、苦くて、悲しくて、ぎゅっと胸を締《し》めつけられるような切ない声……。

「……け、い……？」

戸惑《とまど》いが、心の中をゆらゆらと漂《ただよ》う。

自分はとんでもないことを忘れてしまっているのではないか。

薄情者《はくじょうもの》だと何度も言われた。その理由が分からなくて、単に京が難癖《なんくせ》をつけているのだとばかり思っていた。

けれどそうではないのなら。

ずっと前に、京と出会っていたというのなら。

――なんで思い出せないんだろう。

京ほどの人物と会っていたら、忘れるなんて絶対にないと断言できる。けれどもし本当に、昔馴染《むかしなじ》みだったのだとしたら、京の薄情者発言は当然のことだ。

戸惑いはいつしか強い焦《あせ》りとなって、天志の内を圧迫《あっぱく》してゆく。

ちゃんと思い出せ。

京の声が、天志の心を何度も打ち鳴らした。

〈七〉

新進ブランド『Ｚｉｚ』の撮影《さつえい》から三日後の火曜日、京は仕事のため海外に向かった。

だが天志が京の不在を知ったのは、狩野邸《てい》の主《あるじ》、柊至の口からだった。

絶句する天志に、柊至は苦笑《くしよう》した。

「聞いていなかった？」

「……た、多分……」

もしかしたら聞いたのかもしれない。けれど『Ｚｉｚ』の撮影のあと、天志はしばらくの間呆《ほう》けていたから、聞き逃《のが》した可能性もある。

顔を合わせづらかったのは確かだ。けれど今日は京の付き人として一緒《いつしよ》に行動するのだから、ちゃんと謝ろうと思っていた。

――思い出せなくてごめん。でも絶対に思い出すから。

と。

「また一ヵ月くらい戻《もど》ってこないかもね」

「一ヵ月……」

あんなことがあって、それなのに一ヵ月も顔を合わせなかったら、もしかしたら京は、天志のことなど面倒《めんどう》なヤツだともう相手にしてくれないかもしれない。

そう思うと、針で刺《さ》されたように胸が痛んだ。

「もともと京は海外での活動をメインにしているからね。これまでも二カ月に一度程度しか日本に帰ってきてないんだよ」

「……そうなんですか」

今回はたまたま、【狩野服飾学院】の理事長である悟に、学院のショーに出なさいねとゴリ押しされたのと、『Ｚｉｚ』での撮影が重なったから日本に戻ってきたが、普段《ふだん》は一週間日本にいたら、ひと月以上は海外、という生活をしているのだという。

――じゃあ二週間も日本にいるのは、本当に珍《めずら》しいことだったんだ。

そうと分かっていたら、京を避《さ》けるなんてことはしなかったのにと、後悔《こうかい》してももう遅《おそ》い。

撮影後のあの夜以来、天志は京と一度も顔を合わせることがなかった。

あの夜の明くる日曜日、天志が起きた時にはすでに京の姿はなかった。

いろいろな体液に濡《ぬ》れた身体は綺麗《きれい》に清められていて、ベッドのシーツも新しいものに替《か》えられていた。

あんなにも衝撃《しょうげき》的な出来事があったのに、天志はあのあと落ちるように眠《ねむ》りに就《つ》いてしまったのだ。もしかしたら現実逃避《とうひ》で眠りの中に逃《に》げ込んだのかもしれないが。

いずれにせよ、人事不省に陥《おちい》った天志の世話をしたのは京だろう。

けれど京の姿がなくて、その時の天志は、心の底から安堵《あんど》した。

どんな顔で会えばいいのか、まったく分からなかったのだ。

絶対に珍妙《ちんみょう》な態度を取って、京を笑わせ喜ばせたに違《ちが》いない、と。

だがそう思った次の瞬間《しゅんかん》、天志は小さくため息をついた。

もしかしたら京は、もう自分の前で笑ってくれないかもしれない……そう思ったのだ。

昨日は昨日で、京に合わせる顔がないと、別の部屋で休んだ。そして今朝になって、すでに京が機上のひとだと教えられたのだ。

思い出せ、と言われた。

思い出せということは、天志は京に以前に会っていたのだろうか。

けれど頭の中が痛くなるほど記憶《きおく》の底を総浚《そうざら》いしてみても、ちっとも思い出せない。

「……俺、なんで京のこと思い出せないんだろう」

柊至がやさしい眼差《まなざ》しで、どうしたの、と問いかけてくる。

天志は胸の内の不安を、つい口にしそうになる。けれどそれをぐっと押しこめて、小さく首を振《ふ》った。

彼は京の従兄《いとこ》だ。だから天志といつ会ったのか知っているかも……いや、多分知っているのだろう。

けれど三日前の夜、ちゃんと思い出せと言った京のあの眼差しを見てしまったら、自分の力で彼を思い出さなければいけないと、そう思うのだった。

柊至の言葉どおり、京はなかなか日本に戻ってこなかった。

時間が経《た》てば少しは落ち着くかと思ったのに、日を追うごとに京に会いたい気持ちが募《つの》ってきて、それは自分でもどうしようもないほどに大きく膨《ふく》らんでゆく。

今、京はどんな仕事をしているのだろう。

まだ怒っているだろうか。

怒っているのならばまだいい。もしかしたら京は、天志のことをすでにすっぱり切り捨ててしまったかもしれない。

そんなふうにマイナス思考に陥ると、一気に落ち込んでしまう。

学校では相変わらずクラスメイトに無視されていたし、女性教師からの風当たりも強い。

特に同モデル科の坂口は厄介《やっかい》だった。

京と撮影をおこなって以来、あからさまに天志を目の敵《かたき》にするようになったのだ。

たとえば、教室を移動するよう伝言を言いつかったのに、天志にだけ言わない、服や靴《くつ》を隠される、などというのは序の口で、外での撮影実習の時に、二階のベランダから突《つ》き落とされそうになったこともあった。

さすがにその時には摑《つか》み合いの喧嘩《けんか》になりかけたのだが、男性教師に一喝《いっかつ》されて渋々《しぶしぶ》相手を離《はな》すという一幕もあった。

それでも京に特訓してもらった成果は抜群《ばつぐん》で、ウォーキングやポージングのレッスン時に、クラスメイトたちに嘲笑《ちょうしょう》されることはなくなった。

けれどまだまだひとに見てもらうほどには上達していないから、少しでも時間があればウォーキングレッスンをおこなっている。

京に教えられたことを忠実に守って。

京と顔を合わせないまま五月になり、ゴールデンウィークも終わり、木々の緑が夏に向けてぐんぐん力を増してきた頃《ころ》、天から太陽が落ちてきたかのような、天志の人生を揺《ゆ》るがす出来事が起こった。

狩野邸に走って帰るなり、天志は以前もらっていた名刺《めいし》を手にすると、急いで受話器を手に取った。

『もしもーし』

底抜《そこぬ》けに明るい声が返ってきた途端《とたん》、天志は受話器に向けて大声で叫《さけ》んだ。

「いったいどういうことですか、関さん――ッ！」

『あれー、その声、天志くん？』

「そうです！　ていうか、質問に答えてくださいよ……！」

『どういうこと、って、えーと、意味がわかんないんだけど』

「JRの……ッ、駅構内、ポスター……！」

駅からノンストップで四階の自室まで走ってきたのと怒《いか》りとで、言語中枢《ちゅうすう》が混乱しているのか、単語しか出てこない。けれどそれで電話の相手――『Ｚｉｚ』のデザイナー、関は、天志の言いたいことを悟《さと》ったのだろう、朗《ほが》らかに笑いだした。

『見たんだ。あれ、すごいでしょう!』

「す、すごい、……って、だってキョウのポスターを十種類って言ってたじゃないですか」

『うん、そうだね』

「だったらどうして俺までポスターになっちゃったんですか……ッ?」

六月まであと数日となった今日、血相を変えて教室に入ってきた坂口が、いきなり摑みかかってきた。

「おまえ、あのポスター、なんだよ……ッ!?」

「ポスター?」

「惚《とぼ》けんなっ、『Z i z』のポスターだよ! なんでおまえがキョウと一緒に写ってるんだ!?」

「――――」

悔《くや》しいのを通り越《こ》して、ショックで顔を青くしている坂口の言葉に、天志の頭の中もまた真っ白になった。

『Z i z』、ポスター、キョウと一緒、という言葉がワンワンと頭の中で反響《はんきょう》する。

ようやくその意味が繫《つな》がった時、天志はゾッとした。

今、自分が想像した現実が、あまりにも恐《おそ》ろしいものだったからだ。

坂口が言う内容を総合して考えれば、導き出されるのはただひとつ。

――あの写真がポスターに使われた、ということか……!?

思わず教室から飛び出しかけた天志だったが、ちょうど教師が入室してきてしまったために、それは叶《かな》わなかった。

ジリジリしながら二限の授業を終え、その後ダッシュで最寄《もよ》りの駅に向かった天志は、あり得ない現実に放心した。

黒、群青《ぐんじょう》、紺碧《こんぺき》、灰、紫紺《しこん》……。

様々な色を纏《まと》うキョウの等身大ポスターが、ずらりと駅構内に貼《は》られていた。

壮観《そうかん》な光景に、たくさんの人間が立ち止まってそのポスターに見入り、携帯《けいたい》で写真を撮《と》っている。

ポスターは十一種。そのうち十枚はキョウひとりの写真だ。

だが、ちょうど真ん中のポスターだけは、ほかのものより倍ほども幅《はば》があった。

白いロングコートを着た上空を仰《あお》ぐ横顔のキョウ。背景は空。そしてキョウに後ろから抱《だ》きしめられるようにして立つのは……。

愕然《がくぜん》とその場に立ち竦《すく》む天志がそのポスターに写る人物であることに気づいたのは、三人組の女子高校生だった。

突然甲高《とつぜんかんだか》い声で、

「あの……！　このポスターのモデルって、あなたですよねっ？」

そう訊《たず》ねられる。気づいた時には大勢の人間に取り囲まれていて、しかも彼ら彼女らは、天志を写そうと、一斉《いっせい》に携帯を向けてくる。

驚《おどろ》いた天志は、その場から走り出した。

すると仰天《ぎょうてん》することに天志を追いかけてくるから、恐《こわ》くなって全力疾走《しっそう》する。そのまま狩野邸《てい》に戻《もど》り、関に電話を掛《か》けたのだった。

天志が焦《あせ》りまくっているというのに、当の関はあまりにものんびりとしていて、腹が立って仕方がない。

『君とキョウのあの写真がものすごくよかったから、これを使いたいねってみんなで言ってたんだよ。で、君は【狩野服飾学院】の生徒だから、狩野の理事長にお伺《うかが》いを立ててみたんだ。写真を見た理事長は、即《そく》どうぞ好きに使ってくださいって言ってくれたんで、遠慮《えんりょ》なく使わせていただきました』

「……っ、……！」

あまりの出来事に、口がパクパク開くだけで、声が出てこない。

──悟さんと密談しやがった──っ！

関はまだ何か言っていたが、失礼しますと電話を切った。そしてすぐに、【狩野服飾学院】に戻り、理事長室に直行した。

悟に会うのは、入学式以来だ。彼のことは嫌《きら》いではないが、話していると大抵《たいてい》言い包《くる》められるうえに奇妙《きみょう》な敗北感に苛《さいな》まれるので、できることならそうしょっちゅうは顔を合わせたくない。けれど今日は会わずにはいられなかった。

ノックをすると、どうぞー、と返ってくる。

「関くんから電話をもらったからもうすぐ来るかなと思ってたよ」

扉《とびら》の先にいた悟は、いつものようににこにこ笑っているが、もう簡単には口車には乗せられないぞと、天志はぐっと唇《くちびる》を引き締《し》めて、彼に視線を据《す》えた。

「あのポスターのことですが」

「ねえテンシ、『Zｉｚ』の新ブランド、『Zｉｚ－m』ってどんなコンセプトか聞いた？」

「……え」

努めて冷静に問おうとしたのに、悟に先を越されて、気勢を削《そ》がれた。

『Zｉｚ－m』のコンセプトは、小さくて可愛《かわい》くて、けれど人形みたいではなくて元気溌剌《はつらつ》としていて、きちんと綺麗《きれい》な筋肉がついていて体術なども体得しているような少年に着てもらいたい。――確か、そんなことを関は言っていた。

「テンシも知ってるだろうけど、ショーモデルって男は百八十以上、女も百七十五以上の身長がないとお話にならないって言われてるだろう？　それってどうしてだと思う？」

「背が高い方が服が綺麗に見えるから、ですか？」

「うん。服は商品だから、魅力《みりょく》的に見えなきゃダメだよね」

悟はそこで、にこりと笑った。

「でも実際、そんなに大きなひとばかりじゃないし、世間一般《いっぱん》的には、ショーで着る服と普段《ふだん》着る服とでは、まったくの別物って印象だよね」

「……はい」

うなずきつつ、悟が何を言いたいのか分からなくて、天志は内心首を傾《かし》げた。

『Z・i・z-m』の『m』って、ミニマムの『m』なんだって。ごく普通《ふつう》の平均的日本人の身長のひと……ていうか、むしろ小さいひとにこそ着てもらいたい服だそうだよ。彼らはオートクチュールとかプレタポルテは面白《おもしろ》いけど、ごく一部のひとたちに向けてだけじゃなく、もっとファッションの裾野《すその》を広げたいんだって」

「それは、すごくいいことだと思います、……けど」

「うん。でね、この新ブランドのメインモデルも、いわゆる背の高いモデルじゃなくて、敢《あ》えて普通サイズの子を使うつもりなんだって。ショーでも歩いてもらうってさ」

「それってバクチじゃありません？」

「まあねえ。有名タレントを起用するならともかく、この服着たいって思わせないといけないのに、普通の子を歩かせてそう思わせることができるかどうか、ちょっと微妙《びみょう》だけどさ。まあそう悲観することもないんじゃない」

悟は机の上に置かれた筒状《つつじょう》になったポスターを手に取った。そして机の上にそのポスターを広げた。

駅に貼られた十一種のうちの一枚——キョウと天志が写ったものだ。

「すごくいい出来だと思う。テンシ、君はどう思う？」

出来はどうかと問われても、天志はよく分からない。けれど『Z・i・z』のメンバーとディスカッションしながらの撮影《さつえい》はとても楽しくて、そしてキョウと一緒《いっしょ》に写れることが本当に嬉《うれ》しかった。その楽しさ、嬉しさが出ていると、天志は思う。

「『Z・i・z』からお願いされちゃったよ。テンシを『Z・i・z－m』のメインモデルに使いたい、了解《りょうかい》してもらえないかって」

「メインモデル……？」

このポスターだけではないというのか。

「もちろん謹《つつし》んでお受けします、どんどん使ってやってねって言っておいたよ、テンシ」

――ひとに断りもなく、なんてことを言うか！

サァッと血の気が引く思いがした。

「僕の目って確かだよね、テンシ。がんばってね」

「さ、悟さん、待ってください……っ！」

「無理なんて言わないよね」

「い、言いたくない、です。ですけども！」

やる前から無理だなんて言わない。けれど、あまりにも突然《とつぜん》のことすぎて、頭がついていかない。

だが悟は、そこで無理だと言わないなんて頼《たの》もしいなと笑った。

「さすがはキョウにモデル界入りを決心させたテンシだ」

「キョウ？」

突然京の名が出てきたために、天志は動転する。

すると悟は、まるで何もかもお見通しの魔女《まじょ》のように、悪戯《いたずら》げに目をくるりとさせた。

「あの……」

「とりあえず明日から『Ｚｉｚ』の事務所に行って、打ち合わせしてきて」

「悟さん、俺は……」

「ちっちゃくてもショーモデルができるなんて、この先そう何度もあると思わない方がいい。むしろこれが最初で最後と思いなさい。そのチャンスをふいにするな、テンシ」

それは天志が初めて聞く、悟の本気の声だった。

天志はハッと唇を引き結ぶ。

「来月『Ｚｉｚ』はファッションショーを開催《かいさい》するそうだよ。そこで『Ｚｉｚ－ｍ』のお披露《ひろ》目《め》もするんだって」

「ファッションショー……」

「時間がないんだから、戸惑《とまど》っている暇《ひま》はないからね。テンシ、がんばりなさい」

悟の声を聞きながら、とんでもないことになったと、心臓が震《ふる》えるような錯覚《さっかく》を覚える。

やる前から無理だとは言わない。けれどこれまで経験したことのない大きな事柄《ことがら》を前にして、天志の心は波打ち、そして今にも小さく萎《しぼ》んでいきそうだった。

『Ｚｉｚ』には、メンズブランドの『Ｚｉｚ』とレディース・マリエブランドの『Ｚｉｎａ』がある。このふたつのブランドに加え、今度十代後半から二十代前半の青少年向けブランドとして、『Ｚｉｚ－ｍ』を立ち上げることになる。

駅構内にキョウと天志のポスターが貼《は》られた日、同日発売のメンズ雑誌にも同じものが掲載《けいさい》された。これは、来月にかけて発売されるファッション誌にはすべて載《の》るという。

もちろん全国の『Ｚｉｚ』店舗《てんぽ》にもポスターが貼られ、特に本店では通常より三倍もの大きさに引き伸《の》ばされた巨大《きよだい》ポスターが飾《かざ》られて、来店したひとびとの目を引いていた。

天志の与り知《あずか》らぬところで、大きく物事が動いている。それが少し恐《こわ》かった。けれど、もうやめますなんて言えないし、もちろん言うつもりはない。

恐いけれど、前を向いて進んでいかなければならない。

最近の天志は、毎日『Ｚｉｚ』の事務所へと通っている。

ショーに向けて、天志だけでなくほかのモデルたちの衣服全般《ぜんぱん》も着々と決まっていった。

今回『Ｚｉｚ－ｍ』では、ハイモードでのショーと違《ちが》うウォーキングをするのだという。振付師《ふりつけし》を招いて『変わりウォーキング』のレッスンをするということで、『Ｚｉｚ－ｍ』のモデルが集められたのは、【狩野服飾学院】内にあるドーム型ステージだ。

『Ｚｉｚ』のファッションショーは、【狩野服飾学院】が協賛しており、全面的にバックアップしているのだという。

ショーはこの学校のドーム型ステージが使われる。使用されていない時は好きに使ってと、太っ腹なことを悟が言ったのだそうだ。

そのために前日のリハーサルだけでなく、こうして練習にも使わせてもらっていた。

『Z・i・z−m』のモデルは、天志を含《ふく》めて十人いるのだが、いずれも通常のショーモデルに比べ、背丈《せたけ》が低い。敢えて百七十センチ台の小柄《こがら》なモデルを集めたというのだが、それでも天志よりは皆《みな》よほど高かった。

『Z・i・z』のスタッフはドーム内を特に出入り禁止にしなかったため学院の生徒たちが見学に来ていた。

遠目だから確かではないが、モデル科の生徒もいるようだ。

天志はちらりと視線を走らせたが、すぐに集中する。

「まずは見ててね」

関が声をかけると、モデルたちは振付師を熱心な眼差《まなざ》しで見つめた。

振付師がランウェイを歩く。だがその歩みは通常のショーウォーキングと明らかに異なっており、さらには特異なことを始めたために、モデルたちは呆気《あっけ》に取られ、互《たが》いの顔を見合わせた。

モデルばかりではない。見学をしていた生徒たちも、あまりにも奇抜《きばつ》なウォーキングに驚《おどろ》きざわめいている。

天志もまた、見た瞬間《しゅんかん》にはびっくりしたが、すぐにワクワクと心が湧《わ》き立った。

「……今のをするんですか？」

モデルのひとりが、恐《おそ》る恐る関に問うてくる。

「いや、これはね、ショーの最初に出る子にやってもらう動き。二番目からはもっと簡単だよ。——天志くん、どう？」

関に言われる前から、天志は屈伸《くっしん》をし、上体をぐんと伸ばして軽い準備運動をしていた。

名を呼ばれ、にこりと笑う。

「やってみます！」

背筋をすっきりと伸ばすと、天志は一歩踏《ふ》み出した。モデルのウォーキングとはまるで違う、ふわりと身体《からだ》が浮《う》き上がるような、今にも踊《おど》り出しそうな歩調だ。そして一気に駆《か》け出すと、ランウェイのちょうど真ん中辺りで、前方宙返りをした。

「うわぉ……っ！」

思わずといったように、関たちが声をあげた。

続いて天志は、三百六十度、くるりとターンした。日々続けていたウォーキング練習の成果か、芯《しん》はまったくブレず、まるでダンサーのように流麗《りゅうれい》に回る。

ターンを続けて二度すると、今度は両脚《りょうあし》を開いて立ち、力強く拳《こぶし》を前に突《つ》き出した。

空手の正拳《せいけん》突きだ。

空を切る鋭《するど》い音が響《ひび》く。

そして一気にしゃがみ、飛び上がりながら回し蹴《げ》りをする。

再びターン。

最後にランウェイの先までやってくると、直前の強い印象をガラリと変え、完璧《かんぺき》なモデルとしてのポージングを決めた。

ピタリと動作を止め、跳《は》ねるような足取りで戻《もど》った。

どうでしょう、と『Ｚｉｚ』のスタッフたちに目を向けた刹那《せつな》、関が飛びかかってきた。

「ぅわ……っ！」

思わず避《よ》けた天志だったが、関は両肩《りょうかた》を摑《つか》むと、ぐいぐい揺《ゆ》さぶってくる。

「すごいな天志くん……！　最初にスクランブル交差点で会った時、天志くん、僕の手を軽々と避けて、こう背中にぐいってやったじゃない！　あれで何か習ってるんだろうと思って、ちょっと体術っぽい振《ふ》りも入れたら面白《おもしろ》いかなあって」

「道場に通ってはいなかったんですけど、父さ……、父に習ったんです」

俊也は子供の頃《ころ》、紛争《ふんそう》地域の戦場カメラマンになりたかったのだという。そのためには自分の身は自分で守らなければと、格闘技《かくとうぎ》系を片っ端《ぱし》から習ったのだそうだ。

「遠藤俊也がか……！」

関がしきりに感心したようにうなずく。

とその時、ごく近くの客席に見知った顔を見つけた天志は、ふと口を噤《つぐ》んだ。

客席にいたのは、モデル科のクラスメイト――坂口だった。

きつい眼差しで天志を睨《にら》みつけ、だがすぐにふいと視線を外して踵《きびす》を返す。

どうしてあんなヤツが、と思っているような顔をしていた。

モデル科の生徒たちに嫌《きら》われているのは充分《じゅうぶん》承知しているが、あんなふうに睨まれるとやはり少し落ち込む。

「どうかした、天志くん？」

「あ、……いいえ」

「そういえば今日、キョウが事務所に来てるよ」

え、と思わず関を見上げると、にこにこ人のよさそうな笑《え》みを浮かべていた。

「海外から事務所に直行だって。相変わらず忙《いそが》しいね、彼」

「そうですね」

「日本に帰ってきたの、一ヵ月半ぶりなんだって？　久しぶりに会えると思うと嬉《うれ》しいでしょう」

「な、なんで、嬉しい、って……」

焦《あせ》るあまり、言葉がつっかえる天志を、関は軽く小突《こづ》いた。

「だって天志くんて、キョウの可愛《かわい》いひとじゃない」

「それはキョウの冗談《じょうだん》です……っ」

慌《あわ》てて首を振ったが、ふっと脳裏《のうり》に浮かんだのは、京が日本を発《た》つ前に為《な》されたあれこれで、天志は自分でも驚くくらい顔が熱くなってしまう。

「天志くーん、可愛いけど顔真っ赤」

にやにやされて、なおも身の置き所がないくらい恥《は》ずかしくなる。

「ショーが終わるまでまだ忙しいけど、今夜くらいはイチャイチャしたらいいよ」

「しません、も、関さん仕事してください！」

ぎゅうぎゅう肩《かた》を押すと、関はおどけるようにして走っていった。

❦ ❦ ❦

帰国した京と、少しくらいは時間が持てるのではないかと思っていた自分は甘かったと、天志は小さくため息をついた。

世界で活躍《かつやく》するキョウは、日本に戻ってきてもそうそう休むことができない。

しかも天志のように、ひとつのブランドにかかりきりになれるわけでもなく、『Ｚｉｚ』以外の仕事も入ってくるから、京は本当に忙しい。

同じ家に住んでいるというのに、一部仕事場だって一緒《いっしょ》なのに、滅多《めった》に会うことができなかった。

そうこうするうちにショーの前日リハーサルも終え、あとは本番のみとなっても、ふたりきりで話す機会がなかった。

ショー当日の今日、【狩野服飾学院】のドーム型ステージに直接集合となっている。

バックステージに入るなり、担当スタッフにここに来てと呼ばれた。

バックステージは相当広いのだが、ブランドが三種あるために、モデルもかなりの数に上る。

入り口付近には、ナンバーが振られた写真がズラリと貼《は》られていた。

写真は、その服を着用したモデルの全身、バストアップ、顔のアップと、一着につき三パターンある。また、壁際《かべぎわ》には各モデルが着用する衣装《いしょう》が掛《か》かったラックが並んでいる。足元には靴《くつ》と、服ごとに着けるアクセサリー類も漏《も》れなく用意されていた。

モデルたちはそれぞれメイクをされながら、音楽を聴《き》いたり読書をしたりと、思い思いにリラックスしている。

今回のショーは夜ではなく、まだ日が高いうちにおこなわれる。

『Zi‐m』のイメージが、青空の見える時刻ということからだ。

天志もほかのモデルたち同様、前側でメイクをされ、後ろ側で髪《かみ》をいじられる。

少しずつ完成されていく姿を鏡越《ご》しに見ていると、次第《しだい》に緊張《きんちょう》してきて、メイク係に声をかけられても、ちゃんと受け答えができないほどだった。

「今から緊張してどうするの！　ほら、リラックスリラックス！」

ポンポンと背中を叩《たた》かれて、天志は引きつった笑いを浮かべた。

「まだ時間はたっぷりあるから、メイクが終わったら少し外の空気を吸ってくるといいわ」

「え、外に出てもいいんですか？」

「時間に遅《おく》れず、迷子にならなきゃね」

ヘア担当の青年に、はい、と軽く肩を押された天志は、そのまま立ち上がった。

「見学をしてきても大丈夫《だいじょうぶ》でしょうか？」

「もちろん大丈夫よ。でも大御所《おおごしょ》に近づいて苛《いじ》められても、泣いちゃダメよ」

メイクが剝《は》げるからと笑われて、天志も笑いながらうなずいた。

『Ｚｉｚ』や『Ｚｉｎａ』との間には仕切りが置かれていて、ここからは見えない。

『Ｚｉｚ-ｍ』の隣《となり》は、レディース・マリエの『Ｚｉｎａ』だ。もちろんモデルは女性ばかりなので、そそくさとその先にある『Ｚｉｚ』まで進んだ。

京とは、彼が日本に帰国してから一度も話をしていない。

思い出せ、と言われて、ずっと考えていた。けれどいまだに自分は思い出せていない。

それが彼に会うことを躊躇《ためら》わせる。それでもショーの前に、ちらりとでも姿が見られたら、という願いは、簡単に叶《かな》えられた。

「……わぁ」

周囲を憚《はばか》りながらも、小さく声をあげる。

『Ｚｉｚ』のブースには、雑誌やショーでよくお目に掛かる顔が、そこかしこにあった。いずれもキョウほどではないが、天志でも名を知っている有名なモデルばかり。

『Ｚｉｚ』は二十代から三十代の男性向けで、『Ｚｉｚ-ｍ』と比べ、シックでまさに静謐《せいひつ》という言葉がぴったりくるような服だ。

今の自分ではまったく似合わないが、大人になったら一度は着たい服だった。

ズラリと並んでヘアメイクをしているモデルたちの中に、京の姿を見つけた。

雑誌に目を落としているから、天志の存在には気づいていないようだ。だが彼の隣にいた関に見つかって、京の視線が天志に向けられた。

来い、と手招きをされた時、自分でもおかしくなるくらい鼓動《こどう》が跳ね上がった。

天志は思わず首を振ってその場から立ち去ってしまった。

バックステージを出て、照明の乏《とぼ》しい廊下《ろうか》まで来ると、ふう、と息をついた。

「天志くん、何逃《に》げてるの」

後ろから笑みを堪《こら》えたような声が聞こえてきた。関だ。

「あ、あの、有名なモデルさんがたくさんいるからちょっとびっくりして……」

「君だって有名なモデルさんのひとりでしょうが」

「俺は違《ちが》うでしょう……!?」

本気で驚《おどろ》いて、首を振ると、関は噴《ふ》き出した。

「何言ってるんだか。天志くんは今、ネット検索《けんさく》で上位に入るくらい、世間に注目されてる子だよ。ちゃんと自覚して」

「ネットの検索?」

「そう。あのポスターの子は誰《だれ》だって、事務所にもひっきりなしに電話掛《か》かってきてるんだよ。道とか歩いてて、声をかけられない?」

「……えーと、何か言われてるなと思ったらそこから走ります」

「天志くん足速いもんねー、……って、違うってば。ちゃんと有名人だってことを自覚してって言ってるんだよ」

そう言われても、ほとんど自覚がないからどうにも落ち着かない。

すると関は、仕方がないなと苦笑《くしょう》した。

「ま、それは追い追い分かっていくか。今日は調子どう？　緊張してない？」

「緊張って言葉を聞くと、緊張してきちゃいます」

「あれ」

「俺、ちょっと外の空気吸ってきますね」

関と別れて、薄暗《うすぐら》い廊下を歩いていくうちに、そういえばここで京に出会ったのだと思い出した。

スタッフのひとに叱《しか》られていたところを助けてもらったのだ。

あの時は見学させてもらいたくてこっそり入ったのに、今はモデルとしてここにいる。

二カ月前には考えてもみなかった事態だ。

人生って分からないものだと小さく呟《つぶや》いた時、前方に人影《ひとかげ》が見えた。

スタッフだろうかと、一度立ち止まった天志だったが、近づいてくる人物が誰か気づいて、ふと顔を強張《こわば》らせた。

「……坂口？」

モデル科のクラスメイトが、天志の前に立っていた。

照明が乏しいから、坂口がどんな表情をしているのか詳細《しょうさい》は見えない。けれど恐《おそ》らく、いつも天志が目にするように、唇《くちびる》を歪《ゆが》めて皮肉げに笑っているのだろう。

「少し付き合えよ。まだ時間あるだろう」

顎《あご》をしゃくる坂口に、天志はきっぱりと首を振《ふ》った。

「悪いけど、行かない」

別に天志は坂口と喧嘩《けんか》をしたいわけじゃない。坂口が突《つ》っかかってこなければ、天志とて何も言わないし、手を出すつもりもない。

坂口に嫌《きら》われていることは自覚していた。

ひとに疎《うと》まれるのは悲しい。けれど嫌うなというのも無理だろう。

トラブルなんて起こしたくない。今はショー直前だ。だが坂口は、この時をこそ狙《ねら》っていたのだろう、いきなり天志の腕《うで》を摑《つか》むと、力任せに引っ張る。

「坂口……っ!?」

天志は腕に覚えがあるが、坂口の力に、ズルズルと引き摺《ず》られていってしまう。

「やめろよ——!」

大声を出すが、運の悪いことに、スタッフのひとりも見当たらない。

坂口はとうとう、廊下の突き当たりにある上に向かう階段まで天志を引き摺ってきた。そしてそのまま階段を上りはじめる。

この階段がどこに続いていくのか、天志は知らなかった。

照明や音響《おんきょう》の調整はランウェイとは逆側にある。とすれば、この階段の先には、ひとなどいないだろう。

手摺《てす》りを握《にぎ》って、階段を上るのを拒《こば》むのに、坂口は腕が抜《ぬ》けそうなほど引っ張り続け、とうとう天志を強引《ごういん》に持ち上げた。

「坂口……っ！」

坂口の尋常《じんじょう》ならざる力を前に、天志は恐怖《きょうふ》を感じた。

「おまえ、遠藤俊也の息子《むすこ》なんだって？　それでおまえが優遇《ゆうぐう》される理由が分かったよ」

「……」

「俺がこの学校のモデル科に入るために、どれだけ努力してきたか、おまえ知ってる？　受験する前から専門学校に通って、ウォーキングレッスンも受けて、三十倍もの倍率を潜《くぐ》り抜けて、ようやく入学してきたんだ」

坂口はいつものように唇を歪めて笑う。

「なのに教室には、どこの馬の骨とも知れない、身長百七十センチにも満たないヤツがいる。しかもキョウの付き人をして、そのうえ『Ｚｉｚ』の新ブランドのメインモデル……ッ!?　冗《じょう》談《だん》じゃない！」

吐《は》き捨てるように坂口は言った。その語気の強さに、天志の肩《かた》は小さく波打った。すべてにおいて、望んだうえでこの場にいるわけではない。流された時もあった。けれど最初はどうであれ、今は自分の精いっぱいの力を出したいと、そう思っている。

「おまえ、すっげえ目障《めざわ》りなんだよ……！　消えろ、消えちまえッ!!」

坂口は狂気《きょうき》めいた声で叫《さけ》びながら、天志をズルズル引き摺ってゆく。その力は強く、抗《あらが》っているのに振り解《ほど》くことができなかった。

「坂口……、放せ！」

「誰がおまえをショーになんか出すかよ」

「坂口！」

不安定な踊《おど》り場で揉《も》み合う。身体《からだ》が傾《かし》いで、ひやりとする場面もあるのに、坂口はそんなことなど気にもしていないようだった。

階下に落ちないように足を踏《ふ》ん張りつつ、坂口の腕から逃《のが》れようと、天志は手を振り回す。

一瞬《いっしゅん》外れかけ、そこから踵《きびす》を返そうとした、その時。

「――天志？」

階下から聞き慣れた声が聞こえた。ハッと振り返ったのと、勢い余った坂口の腕が、天志の背中に思いきり直撃《ちょくげき》したのは同時だった。

「あ」

気がついた時、天志の身体は宙に投げ出されていた。

「――ッ!?」

頭を打たないよう、咄嗟《とっさ》に身体を丸めたが、落ちるのは止められなかった。

天志は怪我《けが》を覚悟《かくご》し――だが衝撃《しょうげき》はあったものの、身体のどこにも、痛みを感じない。

閉じていた目を、そろりと開ける。

「……っ」

天志は、階下にいた男……京に、しっかりと抱《だ》き留《と》められていた。

「け、い……？」

身体を動かした時、小さな呻《うめ》き声が零《こぼ》れる。

「けい……、京……？」

呼ぶ声が掠《かす》れる。まさか、と背筋が強張った。

京は、決して天志を手放さなかった。

「無事、か……？」

震えるような息の合間に、そう訊《き》かれる。天志は夢中でうなずいて、そして京の顔を覗《のぞ》きこんだ。

照明は暗い。けれどその顔が苦痛に歪んでいるのが、はっきりと見えてしまった。

京は片手を自らの胸に押し当て、ひどく苦しげに息を吐く。

ここが痛いのだと、その手は示していた。

「京、……け、い……京――――ッ!?」

絶叫《ぜっきょう》が天志の唇から溢《あふ》れ、その声が聞こえたのだろう、バックステージからスタッフたちが走ってきた。

「骨は折れていないようだが、ひびが入っているかもしれない。肋間筋《ろっかんきん》、あるいは内臓の損傷《そんしょう》もありうる」

〈八〉

学院の保健医の言葉に、その場にいた全員の間にサッと緊張《きんちょう》が走る。

『Ｚｉｚ』のスタッフは顔を見合わせ、このピンチをどう乗り切ろうかと一瞬《いっしゅん》押し黙《だま》った。

そして天志はといえば、己《おのれ》の引き起こしたとんでもない事態に、顔を真っ青にしたまま立ち上がることすらできなかった。

「救急車、呼んだんですか」

息をするたびに微《かす》かに眉間《みけん》に皺《しわ》を寄せながら、聞き取りにくい声で、京が関に問うた。

「ああ。辛《つら》いだろうが、もう少し待ってくれ」

「救急車じゃなく、医者を呼んでください。鎮痛剤《ちんつうざい》を打ってもらいます」

「――――え？」

「病院に行くつもりはありません。……ショーに出ますよ、俺」

「それはダメだ！　早急に診察《しんさつ》、治療《ちりょう》をし、安静にしてなければ」

「だから治療と安静は、ショーが終わったらしますから」

京はあろうことか、その場から起き上がろうとする。それを周囲の人間が慌《あわ》ててそっと支えた。

「キョウ、君のプロ意識はとても貴《とうと》いし素晴《すば》らしいと思う。だが僕らは、君にそんな無茶《むちゃ》を強《し》いるつもりはない」

「『Z・i・z』の服を俺が着なくて、誰《だれ》が着るんです？」

京はそう言って、微笑《ほほえ》んでみせた。

関も、ほかのデザイナーたちも、その笑《え》みの前に一瞬押し黙ってしまう。

その時、救急車到着《とうちゃく》の知らせが届いた。

京にのまれかけていた関たちは、首を振《ふ》り、あらためてダメだと言った。

「まず治療が先だ、キョウ。救急車に乗ってくれ」

「乗りません。肋骨《あばらぼね》のひびくらい大したことはないでしょう」

「だからそれは診察しないと分からないだろう」

「――京……！」

天志は、もう黙っていられず、ぎゅっと京の服の裾《すそ》を摑むと、呻くように言った。

「おれ、俺、ごめんなさい。お願いだから、き、救急車に乗って……」

「どうしておまえが謝るんだ」

「俺が……っ」

「悪いのはおまえじゃないだろう。謝られても迷惑《めいわく》だ」

ひく、と喉《のど》が鳴って、堪《こら》えていた涙《なみだ》が、とうとう溢れてしまった。

「泣くな。メイクが剝《は》げる」

「……、うっ……」

止めたくても、止まらない。

京は天志のせいではないと言うが、どう考えても自分のせいだ。自分ひとりが落ちるならともかく、京を巻き込んでしまった。そのうえ自分ではなく京に怪我をさせてしまったのだ。

だが京は、担架《たんか》が運び込まれてきても、それに乗ろうとはしなかった。

誰もがその場から動けなくなったその時、関が、よし、と第一声を発した。

『Z・i・z』、『Z・i・n・a』、『Z・i・z－m』の順番を、『Z・i・n・a』、『Z・i・z－m』、『Z・i・z』に変《へん》更《こう》しよう。キョウ、君はとにかく急いで治療をしてきてくれ。それで、医者がいいと言ったらここに戻《もど》ってくる」

京は何か言いかけたが、関はストップ、と掌《てのひら》を彼の前に突《つ》き出した。

「これでのめなければ、君の出番はなし。……頼《たの》むよ、キョウ」

関は京をじっと覗きこみ、とうとううなずかせた。

天志は自分もついて行きたい、と言いたいのを、必死に堪える。だが握《にぎ》る京の腕《うで》から手を離《はな》すことが、どうしてもできなかった。

「天志」

呼ばれて、天志は涙に濡《ぬ》れた瞳《ひとみ》をおずおずと上げた。

「笑え」

「……っ」

青ざめながらも、京は微かに口元を綻《ほころ》ばせる。

「可愛《かわい》く笑うことくらいしか取り柄《え》がないんだから、泣くな」

「――京」

「戻ってきた時、笑ってなかったら怒《おこ》る」

京はそう言うと、そっと天志の頬《ほお》を撫《な》でた。

天志は、握っていた手をゆっくりと離した。

担架に乗せられてゆく京を見送った一同は、すぐに慌《あわ》ただしく動きはじめた。

「天志くん、メイク直さないと！」

俯《うつむ》いていた天志の背中を、ポンと叩《たた》いたのは関だ。

「君のデビューでもあるんだよ。しっかりしなさい」

「……はい」

心の中はまだ荒《あ》れ狂《くる》っている。けれど天志はきつく唇《くちびる》を噛《か》みしめ、うなずいた。

一時間後、ショーが始まった。

テクノの音楽に乗り、まずはレディース『Zina』のショーが華《はな》やかに始まった。

『Zina』の服は、少女が背伸《せの》びをして着る服と、すでにバリバリと働いているが、休日にはホッと息が抜《ぬ》けるような服が着たいと思っている女性たちのための服の、二種類があった。

最初に登場したのは、レースとシフォンの白いワンピースだ。まるで童話の世界に住む少女のような夢見がちな服なのに、どこか地に足のついた印象を抱《いだ》かせるのは、モデルの少女が、ざっくりとした短髪《たんぱつ》だからだろうか。徹頭徹尾《てっとうてつび》、どこまでもロマンティックなのではなく、一カ所にスパイスを忍《しの》ばせている。

それは続く服のすべてに共通していた。ある服の場合は全身真っ白な服かと思ったら、背中側の右肩《みぎかた》から左の腰《こし》にかけて、亀裂《きれつ》のような黒い刺繍《ししゅう》がされていて、そこにハッと目を奪《うば》われたり、あるいはジップアップの服の、ファスナーを下ろせば、鮮烈《せんれつ》な青が垣間見《かいまみ》えたり。

そんな、白かと思って油断していると、まったく違《ちが》う色が飛び込んできて、あっと思わされるような。

甘いけれどそれだけではない、という『Zina』は、客席に座る七割の女性客の視線を奪っていた。

天志は『Zina』のショーを、バックステージにあるテレビ画面で見ていた。

女性モデルたちが魅力《みりょく》的なのは、画面を通しても分かる。

誰もが服を美しく見せ、客の目を楽しませていた。

天志は震《ふる》える自らの手をぎゅっと握りしめ、瞼《まぶた》を閉じた。

——京。……京。

笑え、と言われた。けれど今の状態では、笑うことなんてできない。それどころか、満足にランウェイを歩くことすらできないかもしれない。

不安が胸の内を渦巻《うずま》いて、油断すると涙が溢れそうになる。それを堪えるのは、泣いてしまえばまたメイク係の手を煩《わずら》わせてしまうからだ。

天志は自分がこの場から逃《に》げ出さないように、全力で耐《た》えていた。

だが、

「次、『Ｚｉｚ－ｍ』いきます！　天志さん、準備をお願いします」

進行係の声が聞こえた。

身体《からだ》が重い。腰を上げようと思うのに、足が動かない。

それでも、渾身《こんしん》の力をこめて、ようやく立ち上がった。

ランウェイに出る手前には関がいた。

「天志くん」

「……」

一瞬《いっしゅん》、泣きたくなるけれど、ぐっと堪えた。

——失敗したら、京は怒る。……ううん、悲しむ。

落ち込ませるために助けたのではないと思うだろう。

そして、これまでショーを成功させようと努力してきた『Ｚｉｚ』のメンバーたちにも申し訳ない。

がんばらなければ。

あとで後悔《こうかい》しないように、精いっぱい。

「『Z・i z－m』一番、出て！」

合図の声と共に、天志は眩《まばゆ》いライトの下に、歩を進めた。

振付師《ふりつけし》について、何度も練習したように、スムーズに脚《あし》は動く。前方宙返りも、三百六十度ターンも、空手の型も、ランウェイの先でのポージングも、すべて練習のとおり、完璧《かんぺき》に成功した。

普通《ふつう》のショーでは見慣れない『変わりウォーキング』を観《み》て、客席からは歓声《かんせい》があがった。

けれどひとつだけできないことがあった。

——笑えない。

笑え、と京に言われた。『Z・i z－m』では、普通のモデルは必要ないと言われた。

服のコンセプトは、小さくて可愛くて、人形のようではない元気な子。

けれど今の天志は、まさに人形のような無表情で、ただ無機質に動くことしかできずにいる。

心の中では焦《あせ》る。けれど、表情が動かない。

一番大事な最初のウォーキングは、完全に失敗した。

だが戻ってくるなり、担当スタッフに、何を言う間もなく引っ張って行かれる。

「天志さん、次、これ！」

押し付けられた服を機械的に着て、されるがまま靴《くつ》を履《は》き、アクセサリーを着ける。髪形《かみがた》とメイクも直された。

「行って！」

背中を押されて、天志は再び板の上に乗った。

二度目もまた、天志は笑えなかった。

席を埋《う》め尽《つ》くす、数千人もの人々。彼ら、彼女らの目が、天志を見つめている。その視線を、灼熱《しゃくねつ》の太陽のようなライトと共に、痛いほど感じる。

焦りはますます大きくなるのに、どうしてもできない。

心の内に、黒い染《し》みがじわりと広がっていく。

自分がモデルをするなんて無理だったんだ、と。

そんな諦観《ていかん》が押し包み、天志が本来持っている明るさや前向きな面が、すっかりなりを潜《ひそ》めてしまった。

天志が着る服は全部で五着。いずれも、思わずふわりと微笑《ほほえ》むようなやわらかな着心地《きごこち》の服なのに。

やさしい服だということを、天志は観る人々に伝えられずにいる。

――ダメだ、俺……。

ラストの服は、最初の撮影《さつえい》の際に着た、空色のロングドレスシャツだった。そのシャツを見るなり、堪《こら》えようもなく涙《なみだ》が目の縁《ふち》に溜《た》まる。雫《しずく》を落とすことはなかったが、ほとんど泣いたような顔になってしまって、天志は俯いた。

「天志さん、ラストです！」

進行役のスタッフに言われても、天志は足を踏み出すことができなかった。

ランウェイに出る手前で、立ち竦《すく》んでしまう。

「天志くん？」

こんなみっともない自分は初めてだ。

無理かどうかやってみなければ分からない。やる前から無理だなんて言いたくない。

それは天志がいつも思っていたことだ。

けれど。

こんな惨《みじ》めな失敗をして、大勢の人に迷惑《めいわく》をかけてもなお、自分はこれから先、前向きに生きていけるだろうか。

——京に怪我《けが》までさせて。

噛みしめた唇が震える。

自分は思い上がっていたのではないか。がんばれば、なんでもできる、と。

深く深く、天志はどん底まで落ち込んでゆく。

もう一歩も足を進められない。そのままそこに、根が生えてしまったようだ。身動きひとつできなかった。

「俺には、無理、だったんだ……」

弱音など決して吐《は》きたくなかったのに、とうとう情けない言葉が零《こぼ》れ落ちてしまう。

『まだ始まってもいないのに、どうして嫌《いや》だなんて言うんだ？　無理かどうか、本当に嫌かどうかなんて、やってみなきゃ分からないじゃないか』」

肩に掌《てのひら》が置かれると同時に、そんな言葉が耳に飛び込んできた。

小さく息をのんだ天志は、次いで顎《あご》を掬《すく》い上げられる。

「……け……」

「おまえが俺に言ってくれた言葉だ」

京と視線を結んだ刹那《せつな》、天志の脳裏《のうり》に鮮烈な映像が思い浮《う》かんだ。

夜の海辺。

満天の星。

大きくてまるい月。

海に落ちてくる月光。

日中に比べてとても涼《すず》やかで気持ちのいい風。

波の音。

島の風景がくっきりと脳裏に浮かび、音も聞こえてくる。

浜辺《はまべ》には膝《ひざ》を抱《かか》えて座る少年と、その横にぴったりとくっついて腰を下ろす小学生がいた。

従兄《いとこ》がモデルをやれとうるさいんだ、でも俺はそんなのしたくないと拗《す》ねる、美少女のような少年。——これは、……京だ。

『母さんもモデルだったんだってさ。確かにすごく美人だったけど、父さんを置いて駆《か》け落ちしたんだ。モデルって、そういうモラルが欠落してるひとが多いんだよ。だから俺がいるのに、母親なのに、結婚《けっこん》しているのに、駆け落ちなんて非常識なことができるんだ』

京は、怒《おこ》りながら悲しんでいた。そんな京に、天志は言ったのだ。

『おまえのお母さんとおまえは別の人間だろう？　お母さんがそうだったからって、モデルのひと全部がそうだとは限らないじゃないか。ちゃんと確かめもしないのに、断言するのっておかしいと思う』

怖《こわ》いもの知らずだった自分。知らないからこそ、言えたことだ。

京がモデルになろうか悩《なや》んでいた時、天志は子供ならではの傲慢《ごうまん》な正論を口にしたのかもしれない。今天志の胸の内にある、モデルができるだろうかという不安を、京だって感じたことだろう。

自分は無責任なことを言ってしまったのかもしれないと思えば、しおしおと心が萎《しぼ》んでゆきそうになる。

だが、

「おまえのこの言葉があったから、モデルになろうと決めた。母親の影《かげ》を追うんじゃなく、誰《だれ》かに強制されたからでもなく、自分を試《ため》してみようと思った。――無理かどうかなんて、やる前から決めてどうする」

少年である京へと告げた言葉を、まさに今、返された。

唇《くちびる》が震《ふる》える。おずおずと京を見上げたら、そっとやさしいキスが落ちてきた。

そのキスが、強張《こわば》り竦みきった心を、魔法《まほう》のようにふわりと溶《と》かしてくれる。

「関さん、ポスターの再現をしましょう。次、俺も一緒《いっしょ》に出ます。タイムスケジュールの調整をお願いしますね」

「え、え……、あ、ああっ、うん、分かった！」

視界の隅《すみ》で、関がこくこくうなずいているのが映るが、天志の目は、ただひとり……京のみに注がれていた。

「けい、……あの、怪我、は？」

「おまえが今気にすべきことは、そんなことじゃないだろう。前を向け。で、何度も言わせるな。笑え。可愛《かわい》くな」

行くぞ、と背中を押された天志は、あっと思った時にはランウェイ上にいた。

京の姿が客席に座るひとたちの目に映ったのだろう、ざわめきがすごい。

天志はまだ笑えない。すると京は、いきなりひょいと天志を抱え上げた。

「わ、ぁ……っ！」

思わず叫《さけ》びかけ、慌《あわ》てて口を閉じるが、内心絶叫《ぜっきょう》しそうになっていた。

――けっ、怪我してるのに、何をするか――ッ！

本当は、そう叫びたかった。が、何千人もの熱い視線が注がれる場所で、やはりそんなことは口にはできず、ただぎこちなく京の白いロングコートの肩を掴《つか》んだ。

「京、怪我……」

　小さな声で呟《つぶや》くと、

「ランウェイ上でおまえに心配されるほど零落《おちぶ》れてはいないんだがな」

　そう平然と返された。

「――」

　天志を抱えながら、なお揺《ゆ》るぎないウォーキング。怪我をしているなんて、誰も思わないだろう。

　無理をしているに違《ちが》いない京が心配で心配で、けれどランウェイの半ばまできた時、天志は思った。

　――モデルとして完璧《かんぺき》な京の隣《となり》にいるのに、俺はこんなんでいいのか？

　いいわけがない、と内心で即座《そくざ》に首を振《ふ》る。

　共に歩く京に恥《は》じないように、今、己が持てる精いっぱいの力を出さないでどうする。

　強張っていた表情から、少しずつ力が抜《ぬ》けてゆく。

　そしてそっと京の髪《かみ》に指を絡《から》めて、彼の視線を少しだけ独占《どくせん》した。

　笑顔《えがお》を見せる。

　たった一瞬《いっしゅん》でも京は悟《さと》っただろう。

　京もまた微笑むと、天志をランウェイ上に立たせ、歩き出した。

　天志も京の隣を歩く。

彼に教えられ、自ら練習し、今自分ができる最高のウォーキングを、客席にいる全員に余さず観《み》てもらう。

もちろん京には敵《かな》わない。だがその分は笑顔でカバーする。

『可愛い』笑顔かどうかは分からないが、それは観た人たちに判断してもらうことにして、天志は元気のいいウォーキングを披露《ひろう》しながら、向日葵《ひまわり》のように明るい笑みを見せ続けた。

そしてランウェイの先端《せんたん》まで来た時、ふたりは同時にターンした。そして打ち合わせなどしていないのに、ポスターとまったく同じ、京が天志の背後に立ち、緩《ゆる》く抱《だ》きしめるというポーズをしてみせたのだ。

客席がドッと沸《わ》き、歓声《かんせい》があがった。プレス席からは一斉《いっせい》にカメラのフラッシュが焚《た》かれる。

眩《まぶ》しい光を浴びながら、天志は京の隣で、このショーで初めて心からの笑顔を見せることができたのだった。


「打ち上げは『クラブクリシュナ』ですよ！　用意ができたら、皆《みな》さん移動してくださいね」

バックステージ内では、あちこちで大成功！　とはしゃぐ声が聞こえてくる。

ショーが終了《しゅうりょう》して、皆けたたましいほど元気だ。

だがその中に、天志と京の姿はない。

終了直後、京は再度病院へと連れて行かれたのだ。

天志はもちろん今度は京に付き添《そ》っていった。

その場に残った『Ｚｉｚ』の面々は、無事ショーが終わり、どっと椅子《いす》に座り込んでいた。

「ああ、つっかれた……」

「スリル満点のショーだったねえ」

「まあでも何事もなく終わってよかったよ」

「お疲《つか》れさまー！」

ぐったりする『Ｚｉｚ』のデザイナーたちの前にやってきたのは、【狩野服飾学院】の若き理事長、狩野悟だ。

関たちは慌てて立ち上がると、にっこり営業用の笑みを見せた。

「すごくよかったよ。成功おめでとう！」

賛辞には、ありがとうございますと各々《おのおの》頭を下げる。

「ウチの秘蔵《ひぞ》っ子は今回ちょっとアンラッキーだったけど、最後にはなんとか持ち直してホッとしたよ」

「キョウが怪我《けが》をする原因となった生徒は？」

天志と揉《も》み合いになり、結果突《つ》き飛ばすような形になった坂口は、ショーが始まる前に学院側に引き渡《わた》していた。

彼はどうなったのかと関が訊《たず》ねると、

「まあ、これまでさほど苦労してきていない子が、自分より劣《おと》っていると思いこんだ相手に敗北したってことで、躍起《やっき》になっちゃったんだろうねえ。一週間の停学にしといた。それで猛省《もうせい》すればよし、まだテンシに突っかかるようだったら、今度は容赦《ようしゃ》しないけどね」

悟はそう言って、にっこり笑う。

「そういえば理事長が天志くんをモデル科に引っ張ってきたって聞いたんですけど、どうして？　やっぱりモデルとしての才能を見抜《みぬ》いていたんですか？」

デザイナーのひとりに問われた悟は、あっさり首を横に振る。

「そもそも身長が全然足りないからね。【Natural Automata】で見せた天使のような表情は、父親の俊也さんが写したからかもしれないし、モデルとして通用するかは五分五分ってところだと思ってたよ。君たちみたいな、背が低くてもＯＫなんて物好きのクリエーター、そうはいないだろうし」

「じゃあどうしてモデル科に？」

悟はにやりと笑った。

「俊也さんがそろそろ活動を再開するって聞いたから。ぜひともその契約《けいやく》を狩野で取りたいんだ。それで、第二の【Natural Automata】を作りたいんだよ。テンシをモデルにしてね」

「あー……」

その場にいた全員が、気が抜けたような声を出した。

つまり天志は俊也を引っ張るための餌《えさ》。腹黒い大人の計算というわけだ。

けれど、と関は含《ふく》み笑った。

「餌というには、彼は相当極上《ごくじょう》だと思いますよ。これから先どんだけ化けるか楽しみだ」

「まあね。君たちにも気に入られたようだし、存分に可愛がって成長させてやってよ」

「それは僕たちの出る幕じゃないと思いますけどねえ。ま、恋《こい》こそがひとを成長させる妙薬《みょうやく》ってことで」

歌うように関が言うと、その場の全員が、確かにねと深くうなずいた。


ショー終了後、京はすぐに再度病院へと向かった。

車を出してくれたのは、ショーを観に来ていた柊至だ。天志もその車に同乗した。

診察《しんさつ》の結果、京の肋骨《あばらぼね》にはやはりヒビが入っており、胸部と脇腹《わきばら》を相当ひどく打撲《だぼく》していたのだという。

ショーに出るという京を医師は止めたが、患者《かんじゃ》は聞こうとしない。ではせめて胸を圧迫《あっぱく》固定しなさいと言ったが、それも服のラインが崩《くず》れるからと京は首を振る。

仕方がないと痛み止めを打って、医師は渋々《しぶしぶ》彼を送り出したのだそうだ。

痛みは一ヵ月ほど引かないだろうという医師の説明を横で聞きながら、天志は自身こそが怪我をしたように青くなったが、当の本人は、少なくとも表面上は平然としていた。

痛み止めがよく効いているんだと言うが、本当かどうか怪《あや》しい。

天志に心配させないための方便なのではないかと思うのだ。

「あの……入院しなくても大丈夫《だいじょうぶ》なんですか？」

「肋骨もしくは肋軟骨《ろくなんこつ》を骨折して、内臓や血管の損傷があれば手術入院は必須《ひっす》だけど、不全骨折……骨にひびが入っている場合は、時間が何よりの治療《ちりょう》となります。痛みが強い場合は、湿《しっ》布《ぷ》し、胸部を固定帯で圧迫固定して、ひたすら安静にしているように」

つまり明確な治療はないということか。

だが安静にしていればいいのだと医師に言われ、天志は少しだけホッとした。

湿布と鎮痛剤《ちんつうざい》を処方してもらい、狩野邸《てい》に帰宅した。

「ちゃんと安静にして横になっているんだよ」

階段を上る京と、それを横で支える天志は柊至を振り返った。

「俺が看病しますから」

そうしっかりと言うと、柊至はちょっと苦笑《くしょう》しながら、頼《たの》むねとうなずいた。

「四階の部屋で寝《ね》る」

「あ、うん」

確かに三階の京の部屋では安眠《あんみん》などできないだろうと、天志はすぐに首肯《しゅこう》した。

自室に着くと慎重《しんちょう》にベッドに京を横たえ、身体《からだ》を離《はな》そうとした瞬間《しゅんかん》、彼の長い両腕《りょううで》に拘束《こうそく》され、引き寄せられた。

危《あや》うく京の胸に激突《げきとつ》しそうになった天志は、咄嗟《とっさ》に両手をベッドについて接触《せっしょく》を避《さ》けた。

「あ……っ！」

「京、危ないよ！」

「おまえも隣《となり》で寝ろ」

「……え？」

首を傾《かし》げた天志を、ちょっと苛立《いらだ》ったように見上げ、京は再度手を引っ張ろうとする。

「な、え……、い、一緒《いっしょ》に寝ろってこと？」

そう、とうなずかれて、天志はサッと頬《ほお》を紅潮させた。

「でも、……あの。京、安静にしてないといけないし、俺が隣にいたら安眠できないと思う」

「つべこべ言わずに来い。どれくらいぶりだと思う」

「……京？」

「ショーが終わるまではと我慢《がまん》していたんだ。少しは俺の言うことを聞け」

それはずいぶんと自分本位な言い方だと呆《あき》れる。けれど同時に京らしくて、ちょっとおかしくもなる。

天志は少しだけ迷ったが、自分もまた京の傍《そば》にいたいのは確かだったから、おずおずと隣に身体を滑《すべ》りこませた。

京は天志に腕枕《うでまくら》をすると、近く顔を寄せてくる。

その近い距離《きょり》は、天志の胸を騒《さわ》がせる。けれど同じくらい、もっと傍に行きたくて、天志もまた自ら京へと近づいていった。

「京、あの、……ごめんなさい」

どさくさに紛《まぎ》れて謝ったものの、もう一度ちゃんと謝罪がしたくて、その近い距離で天志は頭を下げた。

すると京は、ぴんと眉《まゆ》を吊《つ》り上げ、謝るなとつっけんどんに言う。

「でも」

「謝るんじゃなくこの場合、礼を言われた方が気持ちがいい」

「……あ」

そっと瞠目《どうもく》すると、うっすら目を細めた京が、穏《おだ》やかに天志を見下ろしていた。

「あ、ありがとう」

「感謝してる？」

「もちろん……！」

京に抱《だ》き留めてもらわなければ、天志こそが怪我をしていただろう。ずいぶんと高い場所から落ちたのだから、打ち所が悪ければ最悪の事態に陥《おちい》っていたかもしれない。

軽傷《けいしょう》だったとしても、ショーに参加できなかった可能性もある。そうしたらいろんなひとに迷惑《めいわく》をかけた。

『Ｚｉｚ』のメンバーたちをがっかりさせ、失望させただろう。

本当は痛い思いをさせてしまった京には何度も謝りたい。けれど詫《わ》びより礼を、と言ってくれる京に、それこそもう結構だと言われるまで感謝の言葉を繰《く》り返したかった。

すると京は、にっこり微笑《ほほえ》んだ。

それはポスターや雑誌でよく見る、完璧《かんぺき》な微笑《びしょう》で、現実ではついぞ見たことのない類《たぐい》の表情だった。

——あ、れ……？

なんだか背筋がぞくりと震《ふる》えた。

危険危険と、頭の中で赤信号が点滅《てんめつ》している。

「本当に感謝しているなら、俺の言うこと聞く、な？」

「そ、そりゃ、俺にできることなら……」

「なんでもする？」

「えー、と。……俺にできることなら」

同じことを繰り返し言ってみた。

すると再び京は微笑する。

「大丈夫、おまえにしかできないことだ」

そう言うなり、京は天志を強く引き寄せてきた。

「わ、……けい、やめろって！」

怪我《けが》人が何をするか！　と叫《さけ》ぶと、簡単に腕を摑《つか》む指の感触《かんしょく》が消えた。

「じゃあ俺は横になっているから、おまえに全部してもらおうか」

「――俺に、……なに、を？」

その時、にっこり笑いながらなんでもないことのように告げられた単語に、天志は絶句した。

「セ……ッ、て、え……」

カァァッと顔どころか身体中が火照《ほて》って、ものすごい勢いで血液が全身を駆《か》け巡《めぐ》る。

「む、むり。俺、無理……っ！」

夢中で首を振《ふ》ると、京はうっすら目を眇《すが》めつつベッドから起き上がり、強引《ごういん》に天志を押し倒《たお》してきた。

「無理かどうかはやってみなきゃ分からない、だろう？」

「それとこれとは…、京、ダメだって！」

なんて無茶《むちゃ》をするんだ、と咎《とが》めるが、京は聞かなかった。天志が強く動けないのをいいことに服へと手を伸《の》ばし、シャツのボタンを次々外していってしまう。さらに下肢《かし》まで寛《くつろ》げようとするから、堪《たま》らず脚《あし》を捩《よじ》らせ、京の手を阻《はば》んだ。

ところが狡《ずる》い男は、そうやって天志が抵抗《ていこう》の兆《きざ》しを見せた途端《とたん》、わざとらしく胸に手を当てる。そんな仕草を見てはつい力を緩《ゆる》め、とうとうすべての衣服を脱《ぬ》がされてしまったのだ。

「け、京、やっぱりやめよう」

怪我の状態が気になって仕方がないのと、またうやむやのまま京に触《ふ》れられることが、少し嫌《いや》だった。

不安が表情に色濃《いろこ》く出たのだろう、京は顔を寄せ、頬や鼻の頭にいくつもキスを落とした。

「言っておくが俺は淫乱《いんらん》でも節操なしでもない。これはおまえにしかしないことだ」

その声はふざけた調子でもなかったし、嘘《うそ》を言っているようにも聞こえなかった。

それでも、だからこそ、今ここで聞いておきたい言葉があった。

「俺だけ？」

「ああ」

「じゃあ、……それにそぐう言葉があると思う」

京はふっと笑った。

「おまえ、俺に好きだとか愛しているとか言ってほしいのか？」

「……それが京の本心からくる言葉だったら」

――言ってほしい。

目の縁《ふち》を震わせながら、京を見上げる。

視線の先にいる京は、笑っていなかった。あまり見たことのない、少し怖《こわ》いくらいの眼差《まなざ》しで近づいてくる。そして天志が望んだ言葉を口移すようにして、囁《ささや》いた。

「好きだ。おまえにしか言わないし、今後おまえしか触《さわ》るつもりはない。もちろんこれもおまえだけに」

やわらかく唇《くちびる》を押し当ててくる。

「……けい」

呼ぶ声が掠《かす》れ、震えた。

「おまえに忘れられたのに、俺は一途《いちず》だろう？」

ん？　と睫毛《まつげ》が触れ合いそうなほど近くで甘く囁かれて、そう吹《ふ》き込まれた耳が蕩《とろ》けそうに熱くなる。

「わ、忘れて、ごめん」

ふたりでランウェイを歩いたあの直前に、天志はほぼすべてのことを思い出した。

元モデルであった母親が駆け落ちし、それが原因で父親が養育放棄《ほうき》したために、京は母方の実家に引き取られたこと。その狩野家の者たちにモデルになるよう、相当強引に勧《すす》められたが、京は母親と同じ道には進みたくないと嫌がり、部屋に引き籠《こ》もってしまったこと。

そんな京を見かねて、柊至が天志の父である俊也に相談し、少しの間遠藤家に預けることになったこと。京が天志の言葉を受けて、モデルをやってみようと決意したこと。

『キョウじゃない。京と書いてケイと読む。数字の兆の次の位だ』

自己紹介《しょうかい》の時『キョウ』と呼んだ天志に、京がそう言ったことも思い出した。

天志はふと、ベッドヘッドに置いていたアルバムに手を伸ばした。

以前京に薄情者《はくじょう》、と言われたところを開いてみる。

友人たちと写っている写真をじぃっと見て、それからちらりと視線を上げた。

「……あのさ、これが京、……だよね？」

五人ほど写っている子供たちの中で、頭ひとつ分背の高い少年がいた。

自信がないのは、目の前にいる彼と写真の中の少年が、とても同一人物には見えないからだ。

京はちらりと写真に目を落とし、そう、とうなずいた。

「うわ、ホントにそうなんだ……」

島に住んでいた頃《ころ》、天志と同年代の子供はそう多くなかった。ただ長期休みの時には、島を出た若者が我が子を連れて里帰りをすることはよくあって、天志はそんな子供たちともすぐに仲良くなって毎日海や山で遊んだものだ。

ゴールデンウィークや夏休みには、キャンプや釣《つ》り、ダイビングなどをするために、観光客がたくさんやってくる。

都心に住んでいた頃の父の友人も遊びに来ることがあったし、人懐《ひとなつ》こい天志は、そんな彼らにもまったく物怖《ものお》じせずに声をかけていたから、遊ぶ人間には事欠かなかった。

そんなふうに、たくさんのひとと交流があったことは、忘れた言い訳にはならない。

ただひとつだけ言わせてもらえるなら。

「京、変わりすぎ……」

写真の中の京は、美少女と見紛《みまが》うばかりの、それはもう可愛《かわい》らしい顔立ちをしていたのだ。

目の前にいる彼と十四歳の京が、今でもなかなか繋《つな》がらず、しゅんとしながら、ごめんね、ともう一度謝る。すると京は、ふと目を細めて笑った。

「もう絶対忘れられないようにしてやるよ」

そんな念を押されなくても、天志はもう一生、京を忘れることなどないだろう。

やさしいキスの合間に熱っぽく愛の言葉を囁かれ、ドキドキと胸が早鐘《はやがね》を打つ。

「ところで、おまえは？」

「え？」

「おまえは言ってくれないのか？」

「俺？　え、あの、えーと」

「俺にだけ言わせるのは卑怯《ひきょう》だろう」

甘い口調で糾弾《きゅうだん》され、いざ口にしようとしたが、これがひどく恥《は》ずかしい。

「ま、また今度」

アルバムを砦《とりで》のようにぎゅっと抱《だ》きしめながらそっぽを向く。すると京はそのアルバムを枕《まくら》元《もと》に無造作に放《ほう》ると、急に体重をかけてのしかかってくる。

「ちょ……っ、京、重……！」

「勉強が苦手なおまえでも知ってる言葉だと思うが、俺は『鳴かぬなら鳴かせてみせよう』というタイプだ」

「……え」

「たっぷり時間をかけて言わせてやるから、覚悟《かくご》しておけ」

そう言って彼は口元を綻《ほころ》ばせた。

それからはもう。

どこを怪我しているんだと首を傾《かし》げたくなるくらい饒舌《じょうぜつ》な京の愛撫《あいぶ》が、天志の全身を隈《くま》なく辿《たど》り、一ヵ月半前同様に身も心も溶《と》かされてしまう。

耳元から首筋、鎖骨《さこつ》、胸元《むなもと》へと流れるように舐《な》められ、指先でやさしく触られ、ほんのあえかな刺激《しげき》すら、天志の身体《からだ》は快感と受け取った。

「け、い。……けいっ、そこ、そんなとこ……」

「ここ？」

胸の先端《せんたん》を舌先でつつかれて、思わず腰《こし》が跳《は》ねる。

「そんな、とこ、触っても面白《おもしろ》くない、と思……っ」

女性のような膨《ふく》らみもないそこを、だが京は殊《こと》の外楽しげに触《ふ》れてくる。

どうしてそんなところに情熱を傾《かたむ》けられるのか、天志にはさっぱり分からない。

触る方も気持ちがいいのだろうか、と思ったが、そんな些細《ささい》な疑問はすぐにどこかへ消えて
いってしまう。

「おまえは気持ちよくない？」

「わ、わかんないよ……」

「触るとすぐに尖《とが》って硬《かた》くなるのに、分からないのか」

小さな尖りを、京は唇に挟《はさ》んで扱《しご》くように動かす。途端に痺《しび》れが身体を走るから、堪《たま》らずぎ
ゅっと背中を丸める。

「そ、そんなの、触られたら、誰《だれ》だってそうなる……！」

「ふーん、じゃあこっちは？」

え、と思った時、京の膝《ひざ》が天志の下腹部に触れ、ぐり、と動かされた。

「やぁ……っ」

いきなり受けた刺激は強すぎて、甲高《かんだか》い声が溢《あふ》れてしまう。だが京は膝を動かすのを止《や》めようとせず、それどころかますます絶妙《ぜつみょう》な力加減で下腹部を苛《いじ》めるのだ。

「触る前から硬くなってたけど」

耳元で囁かれて、全身が火に触れたように熱くなる。

「あ、……や、や……っ」

言葉で煽《あお》られ、手足や舌で身体の熱も強引《ごういん》に上げさせられ、天志の頭からは、京が怪我《けが》をしていることすらも消えてしまいそうになる。

ただただ痛いくらいの快感を与《あた》えられて、堪らず夢中で京に縋《すが》りついた。

「けい……、あ、や、ぁ……」

今度は膝ではなく、手で下肢《かし》を弄《いじ》ってくる。もうすっかり熱を蓄《たくわ》えて成長しきったそこへ、京は無造作に指を絡《から》めた。

「あ、ぅ……んっ」

「相変わらず元気だ」

くす、と笑うのは、そこがすでにとろとろと蜜《みつ》液を溢れさせているからだろう。

ほんの数度、膝で軽く刺激を与えられただけなのに、今にも弾《はじ》け散りそうになっている。

「ん、んっ、京……」

「指と口でされるの、どっちが好きだ？」

「……え」

「どっちもしてやっただろう？　どっちがいい？」

「そ……」

意地悪な質問をされて、顔から火が出そうなほど恥ずかしい。

「好きな方でしてやる」

「そんな、……そんなの、おれ……」

そんな恥ずかしいこと、言えるはずもない……！

「言わないなら俺が好きな方をするぞ」

京は縋りついた天志の腕《うで》を外すと、一気に下方へと向かった。そして以前のように、存分に愛咬《あいこう》を加えはじめたのだ。

「——やあっ」

それは快感というには辛《つら》すぎる、圧倒《あっとう》的な刺激だった。

何より京に口でされているという事実が、天志には現実のこととは思えなくて、羞恥《しゅうち》に身を焼かれそうになる。

「けい、京……、それ、や……っ」

それだけではない。

いくら初心者だからといって、何もかも京にさせるのは嫌《いや》だったし、ちょっと悔《くや》しくもあった。

自分でできることで京が気持ちよくなることなんてほとんどないだろうが、せめて気持ちだけは対等でいたい。

「けい、……おれ、も……。それ、する……ん、っ」

上手にはできないだろう。けれど唇《くちびる》でのそれが、泣きたくなるくらいの快感であることは、身をもって知っている。

だから天志が、喘《あえ》ぎ混じりにそう囁《ささや》くと、京はぴたりと口淫《こういん》を止めた。

天志が本気かどうか、ちらりと視線を向けてくる。すぐに口だけではないと気づいたのか、小さく笑った。

「これをしたいのか？」

「俺ばっかりは、や、だ……」

「あとでいろいろしてもらう予定なんだが」

「……あとで、って？」

京は、天志の問いには答えずににっこり微笑《びしょう》した。そして自らベッドに横たわると、

「足をこっちに持ってきて、俺の顔を跨《また》げるか？」

想像して、そのあまりにも卑猥《ひわい》な体勢に、サッと産毛《うぶげ》が逆立った。けれどできませんとは言えなくて、おずおずと言われた形を取る。

京の下肢は、まだ寛《くつろ》げられていなかった。

天志はまずフロントのボタンとファスナーを、震《ふる》える指で寛げ、恐《おそ》る恐る中に手を差し入れた。

「あ……っ」

京のそこはもう、すでに熱くなっていた。その熱に勇気を得て、天志は指を絡め、下衣の中から京自身を出した。

こんなに間近でひとの性器を見たのは初めてで、なんてことをしているのかと強い羞恥が天志を竦《すく》ませた。

それでも、これが京の一部なのだと思えば、……そして熱くなっているのは、天志を欲《ほっ》している証拠《しょうこ》だと思えば、いとしさが湧《わ》き上がってくる。

そして京のやり方を思い出しながら、思いきって先端に唇を押し当てた。

京が微《かす》かに震えたのを感じた天志は、ゆっくりとのみこんでいった。

「ん……、んっ、お、大き……っ」

京は易々《やすやす》とのみこんでいたのに、天志は先端を含《ふく》んだだけでもう動けなくなってしまう。サイズの違《ちが》いに愕然《がくぜん》としながら、悔しくもなって、含むのは諦《あきら》めるとそこかしこに吸いついてみせた。

先端だけでなく、張り出した部分や茎《くき》、根元に到《いた》るまで、丁寧《ていねい》に、少しでも京が気持ちよくなるようにと願いながら。

愛撫を加えれば加えるほど、京の熱は成長してゆく。それが嬉《うれ》しくて、次第《しだい》に夢中になっていくと、不意に京が下肢への愛撫を再開した。

「ん、ぁ……っ」

京の口技は、自分とは比べようもないほど上手《うま》く、されればそれだけでもう何もできなくなってしまう。自分も京に気持ちよくなってもらいたいのに、手の動きも唇に含むことも疎《おろそ》かになる。

「けい、……あっ、ちょっと、待って、おれ……っ」

「好きにしていいぞ」

「したいけど、されたらできないよ……ぉっ」

「がんばれ」

京は天志の性器を擦《こす》りながら、さらに双丘《そうきゅう》へと舌を伸《の》ばしてゆく。

「え……、け、けい？」

京の舌はどこまでゆくのか。天志が訝《いぶか》しく首を傾《かし》げたのと、最奥《さいおう》に触れたのは同時だった。

「……けい、何、してるん、だ？」

「おまえはここ、感じるかな」

「か、……そんなとこ、感じないと思う……、や、やだ、何……!?」

天志は慌《あわ》てて振《ふ》り返ろうとしたが、京はいきなり奥を舌で舐《な》め、さらには内へと挿《はい》り込んでこようとした。

ぞく、と背が震えた。

何をされるのかという恐怖《きょうふ》と、わずかに感じた、これまで得たことのないじわりと広がる快感が、天志を竦ませた。

「けい、やだよ……、それ、やめて……」

「俺がおまえを傷つけるはずがないだろう。おとなしくしてろ」

京は、驚《おどろ》いてすっかり萎縮《いしゅく》してしまった天志の前に手を伸ばし、少し痛いくらい強く刺激《しげき》を与えてくる。途端《とたん》に身体《からだ》は忘れていた快感を思い出し、天志を悶《もだ》えさせた。

「あ、あ……、ああっ」

後孔《こうこう》への愛撫《あいぶ》はあまりにも未知のもの、得体が知れないもので、できることならしてほしくない。けれど同時に、京が望むことならばどんなことでもしたい気持ちもあって、ふたつの想《おも》いが天志の熱をさらに上昇《じょうしょう》させてゆく。

京は後孔に、舌だけでなく指まで挿《い》れてきた。硬《かた》く長い指の感触《かんしょく》は舌と違い、何かを探すように、そして拓《ひら》くように、やさしく強く動く。

内部には、天志の知らない快感の源泉が眠《ねむ》っていた。そこを軽く指で擦られるだけで、全身が硬直《こうちょく》するほどの強い刺激が走る。

そこは泣きたいほど敏感《びんかん》で、やさしく触れられなければ身体中の汗腺《かんせん》から汗《あせ》がどっと噴《ふ》き出してしまいそうだった。

「あ、ああっ、けい……、や、そこ、やだ……！」

感じすぎて辛くて、嫌だと叫《さけ》んでも、京は決してやめようとしなかった。それどころか怒《おこ》りたくなるくらい、しつこくそこばかりに触れてくる。

彼に気持ちよくなってもらいたいという気持ちはあるのに、もうとっくに身体に力が入らなくなって、ただ弱々しく京自身を握《にぎ》ることしかできない。それに比べ、京の愛撫はさらに濃厚《のうこう》さを増してきている。

「ん、……んーっ、も、……京っ」

巧《たく》みな指技は、天志に一度目の解放を促《うなが》し、それを堪《こら》えられずに達した証《あかし》を吐《は》き出した。

掌《てのひら》で受け止めた京は、それを奥へと運んだ。

滑《ぬめ》りを得て、わずかながら指の動きが速度を増す。増えた指は奥を寛げ、次第にその刺激がなくては物足りないとまで天志に思わせた。それを、中の指で感じたのだろう、京が笑う気配を感じた。

「息吹《いぶ》いてきた」

京はそう言うと、一気に指を抜《ぬ》き、天志を引き寄せた。

「あっ」

押し倒《たお》され、最初のように、上に乗られる。

京は天志の両脚《りょうあし》を摑《つか》むと、ぐいと胸の方へ折り曲げてきた。

「わ、あ……っ、な、何？」

「自分で脚を持て」

「やっ、何させんだよ！」

京は無理やり天志に脚を持たせると、自身を奥に押し当ててきた。

そこまでされてようやく天志は京が奥を寛げた理由を知って、カァッと顔に朱《しゅ》を走らせた。

「そ、それを、中に入れるの、か……？」

「嫌《いや》か？」

嫌か、と訊《き》かれても、されたことなどないのだから分からない。

したこともないのに最初から嫌だと言うな、という天志の持論は、ここでも発揮された。

ただ、何をされるか分からない恐怖は、胸の中にある。だから天志は、自らを落ち着けようと、ちらりと唇を舐め、京を見上げた。

「……それ、京は気持ちいい？」

ああ、とうなずかれる。そして額をこつんと触《ふ》れ合わせてきた。

「おまえの中に挿りたい」

――だったら。

「うん。……だったら、いい」

天志もまたうなずいた。

「俺で気持ちよくなってくれるなら、好きにしていい」

あらためて自ら脚を広げ、さらに膝《ひざ》を折り曲げると、恥《は》ずかしいところをすべて京の視線の下《もと》に晒《さら》した。

「……天志」

「京も気持ちよくなるなら、俺も嬉しいから」

口元がちょっと引き攣《つ》ったが、天志はそう言って笑った。

「おまえは本当に可愛《かわい》いな」

ちゅ、と可愛くキスされて、目を閉じた時、京の熱が内側に挿ってきた。

痛いというより、ただひたすらに重苦しい感覚に、息が止まる。

知らずぎゅっと唇《くちびる》を噛《か》みしめていた天志は、口を開けとばかりに、何度も京にキスをされて、漸《ようよ》う歯を浮《う》かせた。

「あ、……あ、あ……、京、京……っ」

京の腕《うで》が、掬《すく》うように天志の背中に回る。胸に包帯が巻かれた怪我《けが》のしるしを見せたくないのか、京はシャツを着たままだ。やわらかな布の感触が天志の肌《はだ》を滑《すべ》り、ぴたりと重なる。

京は中に押し入る動きを一度も止めず、ただゆっくりと、じれったくなるほど慎重《しんちょう》に進めてきた。

あまりにゆっくりだから、内壁《ないへき》と京の熱が擦《す》れる感触をひどく鮮明《せんめい》に受け取って、こんなにも他人とぴったり重なり合えることに、天志はひどく驚いた。そして、京とこんなに近くにいられることに、とてつもない幸福を感じる。

「けい、……京、すき。好き」

告白は、意図せず唇から零《こぼ》れた。心が言葉にして外に出してと望んだように、ひっそりと。

その一瞬《いっしゅん》、京は動きを止めて天志を見下ろしてきた。弾《はず》む息と共に、精いっぱい微笑《ほほえ》むと、京は噛みつくように激しいキスを与《あた》えてくれた。

深いキスに夢中になっているうちに、京は自身をすべて中に収めたようだ。己《おのれ》の深い場所を満たす、熱くて硬い屹立《きつりつ》の存在が、天志を震《ふる》わせた。

唇を合わせたまま、京は収めた熱棒を少しずつ退かせた。擦れる感触がぞっとするほど気持ちよくて、そして出て行かれるのが寂《さび》しくて、内襞《ひだ》をぎゅっと窄《すぼ》める。するとその動きに快感を得たのか、深く結び合わせた唇の間で、京が微《かす》かに呻《うめ》いた。

そしてそんな淫《みだ》らな動きをした天志にお返しをしようとしたのか、あるいはお仕置きをしようとしたのか。

京は一気に動きを加速させた。

「ん――ッ！」

それはこれまで感じたことのない、強い刺激で、最初快楽とは思えないほどだった。

思わず首を振って唇を外そうとしたら、すぐに京は離《はな》してくれた。

だが唇が自由になった途端、天志の喉《のど》からは淫猥《いんわい》な嬌声《きょうせい》が溢《あふ》れてきてしまう。

「あ、あ……やあっ、京、けい……！」

自分のものと思えないほど甲高《かんだか》い声が嫌で、夢中で首を振る。けれどますます京の動きは強《した》かさを増し、天志を惑乱《わくらん》させた。

「は、ぁ……っ、あっ、も、ダメ、ダメ……っ」

「何が、ダメ？」

言ってみろ、望むことをしてやると囁《ささや》く低い声にすら感じて、天志はブルブルと震えた。

「けい、あ、あ……、お、終わっちゃう……」

「いいよ。終わっても、またすればいい」

「や……っ、京も、じゃなきゃ、やだ」

京にも熱を遂《と》げさせたい。自分だけが気持ちいいのではなく、一緒《いっしょ》がいい。

京は一瞬《いっしゅん》押し黙《だま》ったが、次の瞬間、天志をかき抱《いだ》いた。

抱き竦《すく》める腕の力は強く痛いほどだったが、天志もまた両手を、そして両脚をも京に絡《から》みつけてぎゅっと抱きしめる。

空気すら入らないくらい、ぴったりと隙間《すきま》なく抱き合いたい。

京が好き京が好きと、胸の中では壊《こわ》れたオルゴールのように、同じ言葉が回っている。

やがて、堪え続けた終わりがやってきた。

最初に天志が、少し遅《おく》れて京もまた、熱を解放させた。

身体中、指先にいたるまで、京でいっぱいになる。

幸せで、嬉《うれ》しい。

うっとりと京を見上げると、彼もまた天志を見つめていた。

言葉はなかったが、天志と同じ気持ちをその眼差《まなざ》しの中に感じた。

弾む息にも構わず、もう何度目か分からないキスを交《か》わす。

唇を離しては微笑み、また口づける。飽《あ》きもせず繰《く》り返し、ようやく落ち着くと、京は身を退いて隣《となり》に横たわり緩《ゆる》く腕を回してきた。

「おまえ、モデルの仕事続けるのか？」

京の温《ぬく》もりを味わいながら、天志は首を傾《かし》げた。

今回の『Ｚｉｚ－ｍ』のような変わったブランドは滅多《めった》にないだろうから、実際問題、天志がモデルとしてやっていけるか分からない。

けれど、

「でも俺、どんな形であっても、この世界でがんばりたいと思ってるよ」

まだまだ学生の身。知らなければならないこと、やらなければいけないことは、きっと山ほどある。

それが楽しみだと思える。

何よりも京といういとしい恋人《こいびと》と、キョウという尊敬すべき先輩《せんぱい》が、天志のそばにはいるのだから。

そう思いながら、京の胸に頬《ほお》を擦《す》り寄せた。

だが次の瞬間、はだけたシャツの隙間から覗《のぞ》く包帯を見てしまい、あっと声を上げた。

「うわ、京、怪我……っ！」

行為《こうい》の最中《さなか》、すっかり忘れて夢中になってしまった。それどころか両手両脚で力任せに抱き着いたりもしたような気がする。

天志は慌《あわ》てて京を真っ直《す》ぐ仰向《あおむ》けに寝《ね》かせると、そぉっと胸を擦《さす》った。

すっかり甘い雰囲気《ふんいき》を吹《ふ》き飛ばした天志に、京は呆気《あっけ》に取られていたが、すぐにくすくすと笑った。

「ああ、おまえに看病してもらうんだったな」

「うん、俺、なんでもするよ」

今の行為で痛みがひどくなったらどうしようとおろおろしながら、まずは身体《からだ》を拭《ふ》いて、シーツも取り替《か》えて、と段取りを考える天志を、京は乱暴に引き寄せて抱きしめた。

「京……！」

「だったらまず最初は、――」

そっと耳元で告げられた『看病』その一に、天志は目を丸くする。

「してくれるだろう？」

にっこり笑う美麗《びれい》なモデルに、ちょっと呆《あき》れつつ、懲《こ》りもなく見惚《みと》れる天志だ。

「……それって看病って言わないと思うよ」

「俺が今、一番してもらいたいことだ」

子供のようだと、天志は噴《ふ》き出した。

だが京の望みだったらできる限りのことは叶《かな》えたい。

まずは彼が最初に望んだことをすべく、そっと唇に、自らの唇を押し当てた。

あとがき

こんにちは、日生水貴と申します。

芸能界物三作目となる今作(前二作とはリンクしていません)、前作をお読みいただいた方も今回初めましての方も、お手に取っていただき、本当にありがとうございます！

今回はモデルが主人公です。資料として、男女問わずファッション誌をいろいろ見てみたのですが、普段《ふだん》(だけでなく、ちょっとしたパーティなどでも)着るには、非常に勇気のいる服がたくさんありました。中には、

「こ、これを着て外に出たら、お巡《まわ》りさんに通報されませんか……？」

と思うような、センセーショナルな服もあって。

でも華《はな》やかでふわふわなドレスを見ていると、普段着る服ではあまり冒険《ぼうけん》をしない自分でも、夢心地な気持ちになります。

あとすごく可愛《かわい》らしい男性物の服もあって、しかもそれを年配のモデルさんが着用していたのです。それがすごく似合っていたので、年齢《ねんれい》や自分の好みをたまには忘れてみて、ちょっと毛色の変わった服を着てみるのも楽しいのではないかな、と思いました。

前作に引き続き、あさとえいり先生に素敵《すてき》なイラストを描《えが》いていただきました。表紙や口絵のラフを何種類も描いていただいて、ありがたく思うと同時に、この中から選ばないといけないのか……！　と、担当さんと頭を悩《なや》ませまくりました（笑）。天志は可愛いし、京は超絶《ちょうぜつ》美形で（特に横顔が絶品です）、ラフを見せていただいた瞬間《しゅんかん》にドキドキしてしまいました。

あさと先生、本当にありがとうございました！

担当のYさんには、今回大変ご迷惑《めいわく》をおかけしてしまい、すみませんでした。初稿《しょこう》でまさかの三百頁《ページ》超《ご》えをした時には、自分でもどうしようかと……。今後もご指導くださいますよう、お願いいたします。

最後に読者さまへ。お手に取っていただき、ありがとうございます！　楽しんでいただけたら、とても嬉《うれ》しいです。

それでは、またお会いできますように。

日生水貴　拝

KADOKAWA RUBY BUNKO

魅惑的《みわくてき》なキスの魔法《まほう》

日生水貴《ひなせみずき》

角川ルビー文庫　R117-3　15602

平成21年3月1日　初版発行

発行者——井上伸一郎
発行所——株式会社角川書店
東京都千代田区富士見2-13-3
電話/編集(03)3238-8697
〒102-8078
発売元——株式会社角川グループパブリッシング
東京都千代田区富士見2-13-3
電話/営業(03)3238-8521
〒102-8177
http://www.kadokawa.co.jp
印刷所——暁印刷　製本所——BBC
装幀者——鈴木洋介

ISBN978-4-04-453303-8　C0193　定価はカバーに明記してあります。

KADOKAWA RUBY BUNKO

角川ルビー文庫

いつも「ルビー文庫」を
ご愛読いただきありがとうございます。
今回の作品はいかがでしたか?
ぜひ、ご感想をお寄せください。

〈ファンレターのあて先〉

〒102-8078 東京都千代田区富士見2-13-3
角川書店 ルビー文庫編集部気付
「日生水貴 先生」係